LA FORTUNA O LA MUERTE

Colección Miscelánea

LA FORTUNA O LA MUERTE

RICARDO GIRALDEZ

e-*Dit* ARX

PUBLICACIONES DIGITALES

ISBN 978-84-941758-9-3

Depósito Legal: CS 411-2015

I

La pequeña silueta de la mujer se deslizaba sigilosamente entre las masas de sombras del edificio, precedida por la luz parpadeante del candelabro que sostenía en sus trémulas manos. Envuelta en el sudario amarillo que tejían las luces de la lámpara encantada, se la hubiera creído flotar en las tinieblas, más parecida a una visión fantástica que a una realidad manifiesta. Una visión lúgubre y fantasmagórica. Una visión de pesadilla.

El viento viscoso que azotaba los cristales semejaba farfullar, o reír con una risa demente y maligna. Cada tanto la figura desaparecía enigmáticamente dentro de los muros para tornar a emerger tras alguna de las ventanas, y ello se repetía una y otra vez, a lo largo de todas las habitaciones del hotel* de la calle Tournon, para espanto de aquellos que, como cada noche, agolpados al pie del edificio, se hallaban presenciando el portento.

—Mírala, allí va de nuevo… ¡la muy bruja!, murmurando pases mágicos, cantando versos maléficos, invocando a sus amigos los seres de las tinieblas.

—¡Qué va! Si a esa hija de Belcebú, hasta los demonios la esquivan y le temen.

—El mundo se ha desquiciado. Lo que estaba abajo está ahora arriba y lo que era pequeño se ha entronizado… Grandes han de ser los pecados de Francia para haber caído bajo tutela tan siniestra.

—Y el buen partido que tanto ella como el libertino de su marido sacan de esta situación… Dicen que la reina los colma de premios, que les pertenece por completo en sentimiento y voluntad; la una domina en su mente, el otro en su lecho. Dicen que todas las riquezas y maravillas del mundo se hallan reunidas en este edificio convertido ya en el palacio del Gran Turco; que ellos gastan en un

---

* N. del E. *Hôtel particulier:* residencia privada cuyo equivalente sería el palacete o mansión.

día lo que Francia tarda en reunir tras un año de trabajo y esfuerzo.

—Pues ya ven para lo que sirven todas las riquezas y el poder de este mundo: para trastornar el seso hasta la demencia…

—¿Demencia? No. ¡Hechicería, maleficio!

—¡Pobre Francia!; ¡pobres franceses!, ¡pobres de nosotros! Si la reina lleva a su cama al demonio, ¿quién reinará mañana sino el mismísimo Luzbel?

En ese momento un golpe de viento hizo sacudir los cristales en el edificio; una ventana se abrió violentamente en lo alto y las luces del candelabro parpadearon en el rostro de la mujer. Y allí, recortada en el marco de piedra, abismada sobre la muchedumbre reunida en la calle, se quedó ella: el rostro lívido, los cabellos revueltos y los ojos alucinados… La escena pareció congelarse un momento… e incluso el viento pareció detenerse en su marcha enloquecida e implacable con agónico silbido. Todos los corazones se contuvieron, todas las miradas se hicieron de hielo y todas las respiraciones quedaron suspensas… Hasta que de pronto, como en un gesto de desafío lanzado a la multitud, la minúscula mujer alzó un puño cerrado sobre todas las cabezas, y, escalofriante e inaudito, estalló al punto un grito desgarrador en la noche que el viento tornaba a azotar. Fue un grito como un aullido de infierno que puso a correr desesperadamente al gentío; corrieron instintivamente en desbandada, tropezándose los unos con los otros, como animales espantados ante la vista de un demonio; corrieron sin volver las miradas, intentando no oír las risas histéricas que a sus espaldas se multiplicaban como las carcajadas de una jauría de hienas, haciendo retemblar los cimientos del cielo y de la tierra.

Momentos después, en la calle Tournon, reinaba nuevamente el silencio y la obscuridad bajo un frío viento de cementerio.

II

La mujer permaneció congelada bajo el marco de la ventana tras su explosión de histerismo; los ojos vacíos, sin alma, sin vida, como los de una muñeca vestida y grotesca abismada sobre esa tumba de calles desiertas. Las luces del candelabro ya se habían extinguido desde hacía un buen rato bajo efecto de la ventisca, y, en la habitación, la luna rasgaba las sombras con filosas puñaladas de hielo. Solo cuando un nuevo ramalazo cacheteó el rostro de la mujer, alborotando sus negros cabellos, estremeciéndola, pareció ella despertar de su marasmo, de su momentáneo divorcio con la vida y el mundo, y con un movimiento involuntario, casi mecánico, cerró las hojas del ventanal sobre el silencio de la calle muerta. Sin volverse entonces, como si se dirigiera ahora a su propio reflejo proyectado en los cristales.

—¿Los has visto correr, Montalto?

—Los he visto, señora —murmuró una sombra a sus espaldas.

Blanco de luna asomaba el rostro del monje bajo el negro capuz diluido en tinieblas. Lo llamaban «el brujo de Leonora», y como tal se le temía.

—No obstante —continuó, sin apartarse de las sombras que lo sitiaban—, la señora no debería exasperarse así… En su estado es sumamente peligroso tensar la cuerda de los nervios a tales extremos.

De cara a los cristales, Leonora Galigai parecía no escuchar ni atender a nada excepto a sus propias voces internas.

—Les he mandado dar decenas de bastonazos, los he enviado a pasar noches enteras en el calabozo, los he amedrentado bajo todas las amenazas posibles, tanto las terrenas como las que no se nombran, ¿y de qué me ha servido? Por mucho que gritan, suplican, temen y corren…, ellos retornan siempre…, y lo que es peor, cada vez en mayor número. Dime, Montalto, ¿de qué vale echar incienso en los jardines, de qué valen las misas negras, los exorcismos, las bendiciones, los brebajes, los amuletos, de qué sirve purificar el aire en cada habitación del palacio a fin de ahuyentar los malos espíritus, si los demonios de carne y hueso continúan allí, acechando bajo mis ventanas, si los malos espíritus reaparecen siempre reencarnados en esa canalla abominable que no me deja vivir en paz? ¡Esa chusma que nos odia mucho más de lo que nos teme acabará por causar nuestra ruina!

—Difícil disuadir a la plebe cuando los enemigos de vuestro marido se encargan de sembrar el odio en las calles, señora, propalando toda clase de injurias por medio de libelos y panfletos… Os llaman bruja, os adjudican tratos con el Maligno, os tildan de diablesa, sabedores del poder que estas acusaciones tienen sobre las mentes estrechas. Conocen que la necedad responde con odio ante todo lo que permanece oculto al entendimiento, aquello que por extraño u oscuro elude la comprensión, que los simples aborrecen lo distinto en cuanto extraño, que la violencia, en fin, es la única respuesta posible de la ignorancia ante la noche del enigma.

—Si supieran el poco poder que en verdad tengo… Si supieran de mis propios temores, de mis tormentos, de mis visiones de pesadilla que no dan respiro a mi alma… Si supieran que temo yo más de ellos de lo que ellos pueden o creen temer de mí…

Y volviéndose hacia el monje, con el perfil quebrado en luna y misterio, exclamó:

—Ellos… ¡Ellos nos dañarán, Montalto! Lo he visto en sueños rojos de sangre, de crimen y de fuego como el infierno. Ellos nos arrastrarán hacia una muerte violenta y nos seguirán arrastrando violentamente más allá del límite de la vida.

—No os agitéis, señora. Sabed que tenéis una opción todavía…

—¿Cuál, Montalto? Dime, ¿cuál es esa opción?

—Huir… Retornar a vuestra tierra…

—¿Volver a Florencia?

—¿Por qué no? Allí estaréis en salvo… Allí os quieren… Todos vuestros males hallarán remedio más allá de los Alpes.

Como tantas otras veces, la trampa de la nostalgia se abrió a ojos de Leonora semejante a un abismo seductor, sobre el cual el recuerdo extendió sus alas blancas de paloma auspiciosa.

—¡Florencia! —masculló rendida ante el hechizo—. Sí… ¿por qué no? Allí fui feliz una vez, Montalto, hace ya mucho…, mucho tiempo. Podría intentarlo de nuevo… He tenido demasiado ya de las tonterías de la reina, de las intrigas de palacio, de esta fría corte francesa y de sus celosas rencillas con todo el orbe… En la Toscana…, en mi Florencia natal, allí podríamos recomenzar mi marido y yo; hemos acumulado ya una fortuna considerable en títulos, oro, diamantes y joyas que nos permitiría vivir como príncipes, y quién sabe si no encontraríamos una felicidad perdida allá en Italia… Sí, quién sabe… Pero la pregunta es, ¿cómo convencer a mi marido de retornar?, ¿cómo apartarlo de esa loca sed de poder que se ha enseñoreado de su vientre?, ¿cómo enfriar la llama de esa ambición que lo inflama y que terminará por abrasarnos a todos bajo un fuego destructor?

—Quizás haya una manera…

El rostro mitad luna y mitad misterio de Leonora se iluminó y oscureció aún más.

—¿La mujer?

—La mujer, señora. Esa a la que llaman la Extranjera.

—¿La *puttana*?… ¿Crees que tenga tanto poder sobre él?

—La Magia ha hablado, y ha pronunciado su nombre. La Magia ha visto una carta firmada de su mano interponiéndose entre vuestro marido y la mala muerte.

Los grandes ojos negros de Leonora se encendieron con una rara luminosidad.

—Háblame de esa mujer, Montalto; esa a la que llaman la Extranjera. Háblame de ella… Pero antes…, antes dame el brebaje. Siento que las visiones vuelven, que las imágenes de horror retornan para arrastrarme hacia el infierno del cual provienen, que todo se hace llamas a mi alrededor. ¡Dame de beber mi medicina, Montalto!

III

La figura seductora y el andar insolente del caballero atrajeron todas las miradas apenas ingresar en el edificio que servía de garito. Su estampa era tan conocida en las altas esferas como en el suburbio más bajo y sombrío de París, aunque no gozaba en ambos mundos de igual popularidad. A la luz del día, en los palacios, se dirigían a él como su Excelencia; en la noche de los garitos, en cambio, todos le conocían como Isabelle.

Vestía jubón y calzas negras, con agujetas doradas, y la capa, también negra, revelaba al vuelo de su resuelto andar el chafarote colgado a la cintura de modo displicente. Su tez era pálida, los ojos muy claros y la mirada audaz se veía acentuada por una nariz intrépida que revelaban en él al hombre de ambición desmedida (si es que alguna ambición no lo es). Un bigote finamente recortado daba mayor agudeza a una sonrisa de dientes filosos —una sonrisa tan felina como inquietante que asomaba por sobre la blanca gorguera.

Avanzó bajo las enfermizas luces que descendían desde las arañas, en medio de un ambiente cargado de risas, de insultos y de alientos a licor. Por todas partes, mujeres y hombres a medio vestir se entretenían en conversaciones picantes o en lánguidas caricias y zafios toqueteos. Dos jugadores tiraban cartas sobre las espaldas de una mujer desnuda, desfallecida de extenuación sobre las alfombras manchadas con restos de comida y de vino. Al reparar en el caballero que atravesaba el salón con paso firme, uno de ellos lanzó:

—¡Ey, Isabelle! ¡Hombre afortunado! Ven y toma mi lugar en la partida, que este rufián me está desplumando...

El caballero sonrió malignamente bajo el fino bigote, y sus dientes muy largos asomaron aviesos.

—Pues bien merecido que lo tienes granuja. No olvides que cuando un ladrón roba a otro, el diablo no interviene; sólo ríe... Dime, ¿has visto a la Extranjera?

Y empinando las cejas, el interpelado respondió:

—Arriba… Haciendo números… como siempre… ¡Esa *regenteadora* de coños va camino a levantar un imperio sobre estas cloacas parisienses!

El caballero hizo un gesto oblicuo con su mano y se perdió en dirección a las escaleras. Apenas desaparecer de la vista de ambos jugadores, el que había contemplado en silencio la escena preguntó a su compañero:

—¿Quién es el caballero de la sonrisa siniestra?

—¡Cómo! ¿No lo conoces? ¿Pero cuánto tiempo has permanecido tú fuera de París? Amigo, ese caballero es Concino Concini. El mariscal de Ancre. El amo y señor de toda Francia.

Sorprendido, el jugador insistió:

—¿Y qué hace aquí hombre tan importante?

—Pues lo que todos nosotros, compañero, cediendo a aquello que tanto al primero como al último de los hombres iguala: el vicio. No por nada le llaman Isabelle. A los dieciocho años, ese truhán bien parecido había ya dilapidado una fortuna en naipes y rameras. Vividor y jugador despiadado, se hizo mantener por damiselas adineradas en sus períodos de mala racha, conoció la prisión y toda clase de vergüenzas; actuó de comediante en el teatro representando roles en los que aparecía travestido de mujer. No existe forma de degradación que haya escapado a Isabelle.

—¿Y cómo llegó a ser lo que hoy es?

—¡Ah, esa es la mejor parte de la historia: un verdadero golpe de talento por parte del crápula, y a la vez casi un cuento de hadas. Helo ahí a un hombre que tras animarse a besar un sapo, despertó un día en el lecho de una reina. ¡Y no exagero! Imagínate, partió de Italia pobre y endeudado, con la peor de las reputaciones, siguiendo el cortejo de María de Médici como un perro que persigue una caravana esperando le arrojen algún resto de comida. Y de pronto, mediante una pirueta mágica de la fortuna, ahí lo tienes en Francia, instalado en una magnífica habitación del Louvre, convertido en el primer *maître d'hôtel*, luego de enamorar durante el viaje al bufón de la reina y, según se rumorea, a la reina misma.

—¿Y quién es el hada, bruja o sapo que obró tal milagro?

—Veo que verdaderamente no estás al tanto de nada de lo que ocurre en París. El sapo es la mariscala de Ancre, mi amigo, la consejera de la reina, hoy esposa de Concini, de nombre Leonora Galigai. Una enana fea como un escuerzo y cariñosa como una tarántula; pero de la cual Concini ha sabido obtener un buen partido. ¡Vaya que sí lo ha hecho! Nadie entra en el círculo de la realeza sin la venia de esta bruja que lo que tiene de fea lo tiene de intrigante. Ella y su marido son hoy los verdaderos amos de Francia. Para recibir favores, cargos, pensiones, para presentar el menor reclamo ante la reina se debe pasar por ellos primero. Todos se humillan a los pies de Concini: príncipes, duques, embajadores, personajes ilustres, todos, sin excepción; pero aquí, en el submundo del vicio, él es tan sólo uno más. Así le gusta al sinvergüenza. Pues en el fondo, por mucho que le ame la Fortuna y le llamen «Excelencia» o «Ilustrísimo», él continúa siendo el mismo vicioso de siempre. En efecto, es aquí, en medio de este aire corrompido, donde verdaderamente respiran sus malsanos pulmones. Ese puerco no puede vivir sin revolcarse en el lodo cada tanto. El fango es su elemento. Y ninguna dama de la corte, ni siquiera la misma reina, vale para él lo que la Extranjera, la emperatriz de las rameras. Déjalo hacer y ya verás como bien pronto tendremos por reina a una puta. Creo que entonces Francia será una tierra muy divertida y agradable de ver...

—Lo que daría por echar mano a la Extranjera.

—Tú, y medio París. Pero a la Extranjera sólo la toca Concini.

—Pues sí que es afortunado el hombre...

—El más afortunado, definitivamente.

IV

Cuando el caballero llegó al segundo piso del edificio encontró la puerta que buscaba entreabierta. No llamó. Adentro, sumergida bajo una luz tenue, apenas velada por una bruma de delgadas sedas, la mujer de formas voluptuosas se volvió hacia al recién llegado con movimiento felino, y, entonces, su cabellera rojiza cimbreó sobre su rostro y sus hombros como una llamarada ardiente.

—¡Vaya! ¿A qué debo el honor? Pensé que ya no volverías por aquí, miserable. Llevo dos noches aguardándote... Parece que mi alcoba cada vez queda más lejos de las preferencias de cierto mariscal de Ancre.

—¿Dos noches de ausencia y tanto alboroto? ¿No crees estar exagerando?

—En la noche de una mujer que espera al ser amado, hay mil y una noches de inquietudes y zozobras.

—¿Y en la noche en que éste la visita? —inquirió Concino depositando un beso en labios de la mujer.

—Tan sólo un instante —concluyó ella—, pero de inmenso gozo. Te extrañé, cretino.

Con una sonrisa, Concino complementó.

—Pues aquí me tienes. Así es que aprovechemos este instante... Intentemos borrar con él las mil y una noches de tus inquietudes pasadas.

—¿Sí? —tanteó la mujer tomando distancia—. Pues no creas que te resultará eso tan sencillo...

El caballero tomó asiento en un vértice de la cama sin respingar, y dándole las espaldas a la desnudez oferente de la hembra, comenzó a desvestirse con total naturalidad.

—Y dime —insistió la Extranjera tras unos segundos de permanecer en silencio, reuniendo los brazos desnudos sobre el pecho de Concino, al tiempo que cambiaba el tono de reproche por un ronroneo de falsa dulzura—, ¿a quién debo hacer responsable esta vez por tus desatenciones para conmigo? ¿Al amante de la reina o al marido del bufón?

El caballero rechistó:

—¡Ya te he dicho cientos de veces que no me gusta que seas insolente!

—¿Insolente? Querido… ¿no te habrás extraviado en la noche? Recuerda que no estás ante ninguna reina ni marquesa.

Fastidiado, Concino resopló.

—¡Mujeres…, mujeres! —y, tendiéndose en el lecho pesadamente, luego de deshacerse de esos brazos perfumados y afrodisíacos que lo rodeaban—. ¿Qué somos los hombres para ellas, a fin de cuentas, sino brozas que sólo sirven para excitar el fuego de sus múltiples e interminables querellas? Son las vuestras ¿conquistas sobre los hombres o conquistas sobre vosotras mismas?

Los ojos de la Extranjera se contrajeron hacia lo ancho bajo las largas pestañas.

—Pues tú debieras saberlo, Isabelle. ¿Quién con mayor autoridad en toda Francia para hablar sobre mujeres?

Concino sonrió magistralmente.

—¡Bah, no juegues con mi vanidad! El hombre es siempre un novicio en materia amorosa. No importa que se trate de una monja o de una niña, vosotras sois siempre tahúres en el juego del amor. Nuestros alardes mundanos suenan a oídos de una mujer como los cascabeleos de un bufón ante una serpiente. Aquello que el hombre cuenta como hazaña, para la mujer ya no cuenta de tanta práctica que ha hecho de ello. De aquella audaz fantasía que el hombre sueña realizar sobre un lecho, la mujer más timorata se ha despertado cientos de miles de veces hartada. ¿Libertino? —inquirió desdeñoso—. No, a tu lado tan sólo un simple aprendiz.

El caballero acercó entonces los labios a esos pechos suaves y maravillosamente redondeados, «buenas tetas de un mármol único en su género, un mármol ardiente» le había dicho él alguna vez, «lindas tetas para modelar las copas en las cuales se abrevará la embriaguez suprema», y dando una lamida al botón rosado y rígido del seno, insistió:

—Vamos…, enséñale a este principiante de lo que eres capaz…

—¡Peste de hombre! —soltó ella con falsa indignación, simulando alejarse, pero quedándose de pie ante él, con los brazos en jarra, en actitud demandante.

Las débiles luces modelaban su cuerpo en claroscuros tentadores, como si se tratase de una estatua de perfecta talla. Conocía que el tesoro de su cuerpo desnudo era el mayor, y acaso único poder que tenía sobre ese hombre rijoso, y sabía sacar el mayor provecho de esas sus formas tentadoras.

Luego de aguardar en idéntica postura unos momentos.

—No me convences, principiante mío… Además, todavía aguardo una respuesta: ¿Quién te ha tenido lejos de mí todos estos días?

Concino se inclinó sobre el lecho en dirección a ella, la tomó por la cintura bruscamente con sus manos nervudas, y, hundiendo los dedos en las carnes, puso un beso en el pubis, casi un mordisco. Luego, alzando la vista.

—No te queda bien ese papel, querida… Una *puttana* haciendo una escena de celos… raya en lo grotesco.

Ella se quedó mirándolo ofendida: «¿Por qué amaba a ese hombre?», era la pregunta que siempre se hacía en situaciones semejantes, sin encontrar nunca la respuesta. No dudaba que esa bestia era incapaz de otro sentimiento que no fuera el apetito elemental de poder y posesión. Nada más lo alentaba. Algún día, cuando las carnes de ella ya no fueran firmes (o incluso antes) la abandonaría con frialdad e indiferencia, sin mirar atrás. Pues él tenía el apego tan efímero como el aleteo de un ave, peor aún, el de un insecto. Lo amaba, no obstante…, aunque sin entender el motivo. ¿Llegaría a entenderlo alguna vez?

—¡Eres un cretino! —exclamó luego de contemplarlo unos momentos con mirada airada—. Además, bien sé yo la respuesta… Para ti sólo existe la mariscala… ¡Tu Leonora! Ella parece ser lo único real en estos días… Ella es quien gobierna en la reina, en Francia y en tu corazón.

Concino se levantó del lecho fastidiado.

—Veo que no debí venir hoy —raspó, amagando a vestirse.

Pero la mujer lo detuvo presurosa, interponiéndose entre él y sus ropas, y, con mirada apasionada, mirándolo directo a los ojos.

—No... —instó—. No te vayas... Quédate...

Y ya colgada del cuello del caballero, asomando el rostro desde las frondosidades de la cabellera rojiza, todavía insistió.

—¡Quédate conmigo esta noche, mi amor!

Ambos cayeron al punto sobre el lecho, bruscamente, como dos animales que se encuentran en un mismo apetito que anteponen a todo lo demás; como dos animalillos, sí, que se hieren tanto más en la medida que se desean; dos animalillos viscerales, ardientes y salvajes. Bellas bestias sedientas... Bellas bestias insatisfechas... Bellas bestias perdidas en los misterios de la piel, el sudor y el pálpito carnal. Eso eran ellos en ese momento, en esa habitación, en ese lecho: dos bestias amantes.

V

Las campanas de Nuestra Señora de París redoblaron gravemente en la noche sin estrellas y su llamado hueco se multiplicó por los callejones sombríos, atravesó las plazas desiertas, remontó silbando, entre densos chapoteos, las aguas del Sena hasta llegar a una de las habitaciones iluminadas del Louvre, la cámara de Luynes, en el pabellón del rey; allí, donde, entre suntuosos muebles, magníficas tapicerías, bruñidos mármoles y regias colgaduras de brocado, un grupo de siluetas, en el mayor de los secretos, se cerraba en torno a una conjura, en torno a un nombre cuya sola mención se había hecho intolerable ya para los nobles de Francia y para el joven rey. El nombre de Concino Concini. Las campanas enmudecieron cuando este nombre fue pronunciado en el gran salón. La intriga se estaba fraguando ya en la noche. Era noche de complots en París.

—Tanta arrogancia en ese aventurero italiano nos está poniendo en ridículo a todos, señores. Preguntad al último de los hombres en el más oscuro arrabal «quién gobierna hoy en Francia» y al punto responderá: «Concino Concini».

—Creo que no hay que ir tan lejos para averiguarlo… Todos los aquí reunidos conocemos de sobra sus atropellos; todos hemos sido objeto de sus humillaciones y desplantes, ¡pero si el muy atrevido no se digna siquiera a quitarse el sombrero frente al rey! Nada quiere con nosotros y no tiene ni la delicadeza de disimularlo. La reina madre lo ha hecho su favorito, y con este aval parece que le basta y le sobra para saquear a capricho el Tesoro de Francia y llevarse al mundo por delante.

—Pero, ¿hasta cuándo hemos de tolerar las insolencias de este advenedizo que, a nadie escapa, está a sueldo de España? ¿Hasta cuándo hemos de soportar tal estado de cosas en Francia? Toda la política elaborada con suma inteligencia por el difunto Enrique IV se ha ido al traste durante los últimos años debido a la impericia y dejadez de la Regente y al nefasto influjo que sobre ella ejerce su favorito. ¿Es que hemos de seguir tolerando indefinidamente la dictadura de este italiano presumido? ¡Yo digo que ya no más! Que aquí termina nuestra vergüenza y la del reino. Que en esta noche, que en esta hora, que en este mismo salón nace la desgracia del tirano y una nueva era comienza.

Un aplauso poco entusiasta se escuchó en uno de los ángulos de sombra del salón. Provenía de alguien que acababa de llegar. Cuando las manos callaron, una cabeza asomó a la luz delante de todas las miradas. Era Déagant, cura sombrío, criatura de noche, solitario merodeador de estas reuniones secretas. El último en unirse al grupo de conjurados; pero, conforme el precepto bíblico, quien estaba llamado a situarse el primero entre ellos. Déagant: el chacal de la manada.

—¡Apasionadas palabras, Monsieur Marsillac! Sobre todo, ¡muy movilizadoras! Aunque un tanto sospechosas viniendo de alguien que se ha dejado comprar ya más de una vez por el oro del advenedizo.

Marsillac enclavijó los dientes.

—¿Habla quien se humilló ante el búho de la Galigai para obtener favores administrativos estando tibio todavía el cadáver del difunto rey?

—¡Cuidado, Marsillac! ¡Cuidado! —advirtió Déagant acariciando el pomo del acero—. Una lengua tonta puede perder al mejor cerebro, y el tuyo ni siquiera pasa de mediocre. Ten quieta tu tonta lengua y yo mantendré quieta mi aguda espada.

—¡Señores! Por favor —intercedió Tronson, aquel jurista aplomado, amante del justo medio, balanza de equilibrio siempre entre los conspiradores—; no nos hemos convocado esta noche para discutir entre nosotros ni manifestar nuestras mutuas antipatías. Hay un momento en que toda diferencia debe ser aplazada, y es cuando nos hallamos ante un enemigo común. Tampoco es tiempo de lamentarnos o emitir diagnósticos certeros. Todos los aquí reunidos conocemos de sobra la enfermedad. Todos conocemos el nombre de Concino Concini. La cuestión es: ¿cuál es el remedio a este mal?

—Armarnos ya mismo y presentar batalla —lanzó Marsillac, de quien se decía que era tan proclive a dar a toda locución un tinte de grandeza como a confundir la realidad con una representación teatral—. El rey podría huir de palacio hacia alguna plaza segura, Amboise o Rouen, por ejemplo, y una vez allí, reunido con sus ejércitos, bastaría su sola voz de mando para que la soldadesca le aclamase y se pusiese a su disposición.

—¿Y dejar París a Concini? —intervino ahora Luynes—. No, no lo creo.

Era este Luynes el alma blanca de la conjura, su mentor. Era él quien había dado inicio al complot y quien había hecho la elección de los hombres que lo componían; sólo que, agotadas las palabras, mostraba invariablemente un temperamento dubitativo ante la acción. Él hubiera deseado trastocar el reino sin ensuciarse las manos o asumir algún compromiso de sangre. No obstante, Luynes era el hombre en quien Luis XIII había depositado toda su confianza. Y esto bastaba para convertirlo en la autoridad de aquel «círculo regio».

—Tal opción —continuó, dirigiéndose a Marsillac y a todos los presentes—, aunque seductora en la teoría, supone asumir demasiados riesgos en la práctica, de los cuales la fuga del rey no sería la menor. Imaginaos, de fracasar tal tentativa, en qué posición quedaría éste de cara al tirano. Cuántas excusas no le prestaría al florentino la malograda evasión de Luis para redoblar la vigilancia sobre él. Además, aun cuando pudiera sacarse al rey con éxito de palacio, existe la posibilidad de que nadie se le uniera, que pocos respondieran a su llamamiento, ¿no lo dejaría esto peligrosamente aislado en una lejana provincia, casi como un exiliado en su propio reino, mientras que Concini, sostenido por la reina madre, continuaría maniobrando en París a su antojo, más poderoso que nunca? Por otra parte, aun de acudir las tropas al reclamo del rey, como propone Marsillac, ¿qué no cuenta Concini con oro?, ¿qué no tiene a su disposición tropas numerosas y plazas bien provistas?, ¿acaso el Louvre no está decididamente de su lado? El resultado de una contienda franca, pues, no sólo sería fortuito, sino que incluso, de salir nuestro partido vencedor, podría situarnos ello en posición incómoda. Por poco que nos guste, mientras el advenedizo cuente con el aval de María de Médici, y el epicentro de su poder sea París, estará siempre en un plano de mayor legitimidad que nosotros.

—No sería el primer golpe de Estado dado a una Regencia....

—Es cierto, Marsillac... Ni tampoco el último... Pero tampoco sería el primero ni el último en fracasar. Por tanto, vuelvo a insistir. No es el fin lo que está en discusión aquí; sino los medios. Y creo que la movilización armada, dadas como están las cosas, resultaría el medio menos indicado.

—Demasiada flema, de Luynes, me enfermas —rabió Marsillac.

—Presumo que el hombre tiene una idea —terció Tronson, nuevamente conciliador—. Ilumínanos de una vez sin dar tantos rodeos...

En efecto, Luynes tenía una idea, o, más bien, era portavoz de ella. Sólo que la «idea» no terminaba de asentarse en su espíritu. Reiteradas veces había dado su consentimiento al plan pergeñado en las sombras por Déagant; de hecho, se había comprometido a transmitirlo a todos los miembros del círculo esa misma noche. Y sin embargo, bastaba sólo traerlo a la luz de nuevo, para que cientos de miles de dudas boicotearan su mente y resolución. Y para Luynes toda excusa era válida con tal de diferir una resolución. Por contraparte, así como le faltaba valor para dar el paso definitivo, también carecía del suficiente coraje para echarse atrás. Y era entre ambas alternativas que solía quedar paralizado e indeciso. No obstante, mala noche hubiera sido aquella para titubeos, y Luynes, pese a su total falta de audacia, lo sabía. Por ello, apenas sentir sobre su piel la ansiedad de los otros conspirados como un hierro candente, buscó apoyo en la mirada de Déagant. Conocía que podía contar siempre con este sostén y auxilio, que el chacal siempre estaba allí, oculto en algún ángulo de sombra, pero dispuesto a emerger de la oscuridad a la luz si la situación lo apremiaba. Y nunca la situación había sido más perentoria. Cualquier fluctuación imprevista por parte de Luynes, en aquellas instancias cruciales, y allí podía ser el contagio y la ocasión perdida. El chacal no lo permitiría. El chacal estaba al acecho. Y sólo bastó una mirada de su compañero para que éste tomara la palabra en su lugar.

—En efecto, señores —dijo adelantándose hacia el centro de la escena, mientras paseaba su mirada torva sobre toda la concurrencia—, hay una idea… ¡Hay un plan!

A esta irrupción inesperada sobrevino un grave silencio. Los labios de los caballeros parecieron hacerse de piedra como las bocas de las estatuas que los rodeaban. Todos los ojos se clavaron de inmediato en la figura de Déagant, quien, sin embargo, no se amilanó. Nadie esperaba la intromisión del oscuro cura. Hasta allí no había sido más que un espectador silencioso de esas reuniones. Él era el alma negra del complot: su cerebro y su nervio mudo; sólo que también era el hombre que no se arredraba ante ninguna circunstancia, por muy arriesgada o espuria que fuere, y así como podía concebir, también podía maniobrar. Ciertamente no era a él a quien habían ido a escuchar los confabulados esa noche, sino al favorito del rey; de hecho, ese cura sombrío resultaba antipático a todos. No obstante, allí estaba Déagant, como dueño imprevisto de la escena, y el silencio del favorito pareció suficiente garantía para consentir que el chacal ocupara el papel principal.

—Se trata —comenzó, en tono grave, nítido y pausado—, de una idea osada y hasta temeraria, si se quiere; pero a mi juicio la única viable, dadas las circunstancias. Se trata de acorralar al tirano en su propio nido, es decir, donde menos lo espera. Se trata, en fin, de dar un golpe definitivo a Concini.

A estas palabras siguió un silencio suspicaz, filoso y cortante, tan breve como intenso, durante el cual todos se contemplaron alternativamente con mal disimulado asombro. Sólo Déagant permanecía impasible en el centro de la escena; Déagant, el imperturbable, guardado siempre tras un gesto de hielo ante el cual se enfriaban todos los acaloramientos.

—Bien —rompió Marsillac, algo repuesto ya de la primera sorpresa por el repentino cambio de liderazgo—. ¿Os valéis ambos de enigmas? Vamos, decid algo nuevo de una vez, ¿qué os traéis entre manos?

—Todo a su debido tiempo, mi impetuoso Marsillac —prosiguió el chacal con acento y rostro sereno—, todo a su debido tiempo. Es ésta una noche de resoluciones, y por ello lo que sea dicho aquí, en este mismo salón, ha ser dicho claramente, sin dar motivo a dobles lecturas, pues a partir de esta noche no habrá vuelta atrás para ninguno de nosotros.

Sonrió suavemente, y aunque ninguno supo interpretar el alcance de esa sonrisa enigmática, todos cuantos lo observaban sintieron al momento como si un trozo de hielo corriese por sus espinazos.

—En principio —prosiguió el cura tras la breve pausa—, sabed que todas las posibilidades que se han barajado esta noche, han sido sopesadas por Luynes y por mí con detenimiento durante las últimas semanas. Se han apreciado con cuidado las fuerzas de nuestro rival y también sus debilidades. Y creedme que no exagero si os digo que estas últimas no son muchas, que, por el contrario, existe una sola debilidad a considerar con seriedad. A saber: que el tirano lo espera todo de todos, tanto de los grandes como de los pequeños, y que contra todos ha tomado recaudos y prevenciones; contra todos, sí, excepto contra nosotros; excepto contra el rey. ¿Qué significa esto? Que la *sorpresa*, que acrecienta el impacto de cualquier golpe, está de nuestra parte. No es una pobre ventaja, no. De hecho, tal y como están las cosas, mal haríamos en desestimarla. Considerad sino, ¿qué es hoy el rey para Concini? Nada, una nulidad. Un niño eclipsado bajo la sombra de su madre. ¿Qué debería ser, en cambio? Todo, absolutamente todo. Que ni la reina madre, ni el dueto de consejeros conformados por la Galigai y su marido, hayan sabido advertir esto hasta hoy, es lo que nos permite tomar la ofensiva a pesar de venir a representar nosotros el bando más débil en esta contienda. Nosotros, sí, que de sobra sabemos que ni Luis es la nulidad que ellos creen, ni su pretensión al poder merece desestimarse toda vez que su mayoría de edad ha sido ya declarada, que le asiste el derecho. Nosotros no aguardaremos a que el siniestro trío de italianos despierte de su error. Por el contrario, hemos de actuar sin tardanza y con firmeza. Nosotros no desaprovecharemos la ocasión. Sobre todo teniendo en cuenta que el rey está dispuesto y expectante. Esto puedo decirlo con conocimiento de causa, pues hace tiempo ya que Luynes, en su condición de halconero real, viene preparando el terreno. Ninguno de los aquí presentes ignora el afecto que ha ganado sobre el ánimo de Luis. De sus muchas incursiones de caza y sus asiduas conversaciones, ha surgido una gran amistad que se trasluce hoy en grandes confidencias. El rey ha cobrado gran estima por su consejero, sí, le ha abierto el corazón en más de una oportunidad y se ha hecho permeable a su influjo. El joven odia a Concini y está lleno de reproches para con su madre. Creedme que nadie, en toda Francia, sufre más intensamente el actual estado de cosas que Luis XIII. Nadie tanto como él se lamenta de tener que asistir al diario e inconsiderado vaciamiento de las arcas. Ningún corazón como el suyo reprueba tan categóricamente que la política de alianzas, pergeñada por su padre, se vea hoy por completo traicionada. Y no sólo eso. Hay razones mucho más apremiantes que lo sublevan. El joven rey teme hoy por su vida. Teme ser envenenado por el advenedizo italiano con el acuerdo de su propia madre. ¿Hay motivos para alimentar tal temor? Todos sabemos de la preferencia de María de Médici por Gastón de Orléans, quien sigue en línea sucesoria a Luis. Y no debemos obviar que en caso de sufrir éste algún tipo de accidente, inesperado y fatal, el hermano menor aseguraría a la reina madre una prolongada, y acaso ininterrumpida regencia. Por otra parte, Luis no duda de que el asesinato de su padre, el difunto Enrique IV, haya sido fraguado por los Concini en complicidad con la reina. Nosotros hemos hecho lo nuestro, por supuesto, para alentar esta sospecha que en el joven ha tomado ya carácter de certidumbre.

»Y ahora, decidme: ¿a qué no estaría dispuesto un joven que cada día enfrenta tales alternativas, que se debate en medio de tan aciagos recelos y que convive con el odio y el temor constante? A todo, e incluso a más. ¿Que al joven le falta determinación y experiencia? Claro, pero para ello estamos nosotros; para ello hemos alimentado el odio en él. Nosotros seremos la determinación que falta hoy al joven rey. Nosotros seremos lo que le falta en edad y pericia. ¡Nosotros ejecutaremos en su nombre el arresto de Concino Concini!

Todas las miradas se disolvieron de golpe en un murmullo contenido. Los rostros fueron de asombro y reparo; los rostros fueron de alarma y manifiesta inquietud. Quien primero reaccionó a esta nerviosidad contenida fue Tronson, el jurista y amigo de la legalidad. Tronson, a quien la propuesta tenía por fuerza que inquietar más que a ningún otro.

—¿Habláis de *arrestar* al mariscal de Ancre?

—Eso mismo…

Nuevo silencio. Nuevas inquietudes. Nueva tregua.

—¿Deliráis acaso, Déagant? —inquirió esta vez Marsillac.

—Por el contrario, nunca he estado más en mis cabales.

—Pero… ¿cómo lograrlo? —preguntaron entonces a una Tronson y el barón de Módena, otro de los conjurados—. ¿Cómo abordar a Concini? Sobre todo ¿quién sería el encargado de echarle cadenas a la fiera?

No hay gasto inútil en la voz de Déagant. No hay nunca acentos exagerados ni palabras sobrantes. Sólo hay razones sopesadas con criterio y expresadas con parquedad de recursos, y su seguridad al exponerlas parece ejercer mayor influjo sobre los oyentes que las razones mismas.

—Lo primero —continuó muy tranquilo—, resultará más sencillo de lo que pueda parecer a primer golpe de vista. Tan alto ha escalado el advenedizo italiano en su soberbia, que suele presentarse todas las mañanas en el Louvre sin escolta. Pues bien, será aquí mismo que le abordaremos, donde más seguro se siente, donde cree más sólido su poder. En cuanto a lo segundo, nuestro hombre es el barón de Vitry, capitán del cuerpo de guardia. Creedme que no se trata de una elección apresurada. Le conocemos bien. El capitán es hombre resuelto, expeditivo y ambicioso. Él ya ha asumido el compromiso de hacer llegar a Concini la orden dictada por Su Majestad.

—Pero… ¿y si el mariscal se resiste?

El rostro de Déagant se iluminó ante la observación con una sonrisa espléndida, en la cual brilló un destello de ironía.

—Señores… No habrá oportunidad para ello. Como se ha dicho aquí esta noche, sólo contamos con una ventaja sobre el tirano, y es *la* sorpresa. Perdida ésta, todo estaría perdido para nosotros. Por tanto, nuestro golpe debe ser definitivo y no dar lugar a ninguna respuesta. No se trata, pues, de un arresto más que en las formas, ya que será una *ejecución* de hecho. Antes de que el florentino pueda terminar de esbozar siquiera un gesto de asombro al oír la orden de detención, Vitry, y su grupo de acólitos, descargarán sobre Concini sus pistolas; se disparará sobre el tirano a la vista de todos y se le dará muerte en el acto. Concini no saldrá vivo del Louvre.

Esta vez el estremecimiento fue mayúsculo y el rumor contenido se hizo escuchar como una sorda confusión interna revolucionando todos los pensamientos. De inmediato, las miradas se dirigieron hacia el rostro de Luynes, como para buscar allí algún gesto de asentimiento ante la «enormidad» propuesta por el chacal. No obstante, conforme a su vacilante carácter, éste apartó la vista haciéndose el desentendido. Estaba claro que tal proposición trasvasaba por completo el límite de aquello que admitía su arrojo, y prefería que otros, u otro, decidieran por él. Ante semejante titubeo, de nuevo los rostros de los conjurados buscaron a Déagant, dueño ya de la escena, de la noche y del complot. Y el chacal, conforme su aplomado temperamento, no se desmintió en absoluto al absorber todas esas miradas inquisitorias con una presencia de ánimo envidiable. Fue Tronsón quien, al cabo, indagó.

—¿Y el rey ha dado el aval para esto?

—En efecto —fue la respuesta tajante del chacal—. ¡Orden del rey!

—Pero… ¿qué garantías tenemos de esto último?

Entonces Déagant lanzó una mirada de inteligencia a Luynes, un rápido gesto que éste comprendió a la perfección. Fue una señal que seguramente había sido previamente convenida por ambos y que motivó que el favorito del rey, sin dar explicación alguna, y para sorpresa de todos los allí presentes, abandonara presuroso el recinto. Nadie osó decir palabra durante el breve lapso que duró su ausencia: era claro que algún misterio estaba a punto de revelárseles, que algo grande estaba por ocurrir. Cuando pasados unos momentos de intensa ansiedad reaparecía Luynes en el recinto, no lo hacía sólo, esta vez era precedido por su majestad, el joven Luis XIII.

¡El misterio estaba revelado! Todos se inclinaron al punto en silencio y con reverencia, en tanto Luis paseaba su mirada regia sobre los presentes sin demostrar asomo de emoción. Nadie hubiera podido adivinar en ese rostro redondo de adolescente, en el que apenas se bosquejaba tímidamente el hombre, lo que venía a ratificar con sus palabras. Todavía parecía no haber terminado de abrir los ojos a la vida, cuando ya estaba a punto de dictar una sentencia de muerte. No obstante, ni su tono ni su mirada desmintieron su autoridad, pese a las horas de intenso nerviosismo que vivía, cuando, firme y decidido, instó:

—Obrad, señores, conforme os indiquen Luynes y Déagant. Tanto ellos como vosotros contáis, todos, con mi beneplácito. Es el destino del reino lo que hoy está en juego, el destino de Francia, y es de vuestro compromiso, de vuestra discreción y de vuestro arrojo que depende hoy todo el éxito de nuestra justa causa. Sed buenos siervos del Rey. Éste es mi deseo; ésta mi voluntad.

Dicho lo cual, Luis se retiró majestuosa y calladamente, envuelto en un rumor de sedas, seguido a pasos mesurados por su favorito. Sólo Déagant permaneció en el salón junto a los demás; sólo Déagant, sí, quedó allí como amo absoluto e indiscutido del complot. Déagant, el hombre del momento, quien luego de permanecer en silencio unos instantes, paseando una mirada irresistible sobre todos los reunidos, con una sonrisa filosa y escalofriante, ratificó y concluyó:

—Es la voluntad del rey, señores, ya lo habéis oído. Es la voluntad del rey y camino a hacerse efectiva. Ese aventurero sin escrúpulos de Concini le roba ya su aliento a la vida.

VI

Mañana en París. La ciudad se despereza con el revoloteo de las palomas, el murmullo de las fuentes y las primeras voces y ajetreos humanos. En la ventana de un segundo piso abismado sobre la calle de Berry, una cortina se bambolea suavemente, impulsada por la fresca brisa matutina. A través de ella se cuela en la habitación el tamborileo de los cascos, el traquetear de las ruedas de los carros sobre el empedrado y también un fuerte olor a flores y hortalizas.

Hacía un largo rato que ella lo contemplaba en silencio. Lo estudiaba detenidamente mientras él dormía, agazapada sobre el misterio de esa bestia apaciguada, buscando acaso encontrar en la inmovilidad de sus sueños, el secreto de la agitación de sus días. Pero siempre era lo mismo: extasiada, acababa perdiéndose en los espirales de las orejas de Concino, como si se tratasen de laberintos concéntricos e interminables. Habría querido verter allí la palabra clave para penetrar en ese cerebro indefenso, llegar al centro del misterio, al corazón del enigma, pero aquella palabra nunca acudía a sus labios. Acaso porque no existía. Cuando él abrió los ojos finalmente, más claros que de costumbre, ella pareció despertar también de su propio sueño… y el hechizo se deshizo como una telaraña al ser rasgada.

—¿Me espías mientras duermo? —inquirió Concino, al tiempo que tomaba a la mujer entre sus brazos, atrayéndola sobre su cuerpo robusto.

—Como siempre —respondió ella—. Y sin embargo, no adelanto nada en el misterio… Por mucho que busco…, nada encuentro…

—Quizás porque no hay tal misterio…, o porque buscas en mí más de lo que puedo dar.

—Quizás… Pero, ¿de qué sirve saber si una *no sabe* saber?

Y con ojos juguetones, añadió:

—Hay algo sin embargo que sí tienes y puedes darme… Algo

que vengo ansiando desde hace mucho ya; un deseo que me ha nacido de contemplarte dormido como hasta hace unos momentos y que te costará muy poco en verdad.

—¡Hum! La última vez que oí eso de ti, acabé vaciando una bolsa de oro… ¿Qué es esta vez? ¿Un collar? ¿Alguna alhaja? ¿Algún aderezo para tu ajuar?

—No… ¡frío, frío! Se trata de una simple bagatela. Lo que yo quiero es… que me regales tus orejas, Concino mío, que prometas que en adelante serán mías y de nadie más, que estarán sordas para cualquier palabra de amor que te diga otra mujer. ¡Ay!, yo amo esas orejas tuyas, querido; quizás porque tengo la sensación de que nunca me escuchan, que no conducen a ti ni a ninguna parte. Y a pesar de ello, quisiera perderme dentro de ellas, en ese laberinto extraño, para no retornar jamás.

—Pues vaya con la ocurrencia…

¿Era demasiado idilio para el corazón de aquel hombre de terrenal aliento? Posiblemente.

—Como sea —insistió ella, señalando las orejas de Concino—, reclamo desde ahora esta pequeña parcela inconquistable de tu territorio. Reconoce que tratándose del dueño de Francia, no estoy pidiendo gran cosa…

Pero en ese momento, Concino se llevó la mano a la frente con gesto de fastidio.

—¿Qué tienes? —preguntó ella.

—Nada, es sólo que me comprometí a llevar unos viejos pliegos a la reina, y debo recogerlos antes en mi despacho de la calle Tournon.

—O sea...

—O sea que debo vestirme y salir cuanto antes.

—Pensé que pasarías el día conmigo…

—¡Vamos! Sabes que ello es imposible…, por el momento al menos. El reino está revuelto en estos días y todos arrojan redes para pescar a algún desprevenido y ganar, a expensas de ello, una promoción. El primero que se distraiga servirá pronto para carnada. Y tú no quisieras ver a tu Concino como carnada de otro pez, ¿verdad?

Ella no respondió, y Concini comenzó a vestirse con prisa; todo lo hacía él con prisas, como si cada minuto le reclamase mayor ritmo a su vida. Pero antes de que éste pudiera terminar de calzarse el sombrero de fieltro frente al espejo, ella se le acercó por detrás, y junto al oído, uno de esos mismos oídos que acababa de reclamar como de su propiedad, lanzó juguetona:

—Y dime, a quién te divierte engañar más, pescador de aguas revueltas: ¿a la reina o a la mariscala?

—Mujeres... —suspiró él apartándola— No tienes remedio... ¿Qué voy a hacer contigo?

—Amarme, querido, sólo amarme... Además, ya te he dicho que conozco la respuesta. Sé perfectamente que, tratándose de ti, todo lleva siempre a una misma conclusión...

Y luego, con aire de misterio.

—Dime, ¿es cierto todo lo que se cuenta de ella? Lo de los ritos sacrílegos, los objetos encantados, los amuletos, los talismanes... ¿Es tan bruja como dicen?

—Ella es tan bruja como yo santo —respondió Concino tajante y visiblemente fastidiado.

—Sin embargo —insistió la mujer—, bruja o no, se las ingenia para reinar sobre todo el mundo, y tú, pese a que lo niegues, no eres la excepción a la regla.

—Te equivocas, querida, en mí sólo reina una dama, y es la ambición.

Ella lo miró despechada.

—¿De veras? —inquirió luego—. Pues lamento oír eso... La ambición sólo paga amor con ingratitud y traición.

—¡Pero!, ¿también eso? Dime, ¿desde cuándo las putas son filósofas? No cabe duda de que estás llena de sorpresas, carne mía. ¿Será por eso que no puedo pasar mucho tiempo sin ti?

Y diciendo esto, Concino la besó bruscamente para abandonar presto la habitación...; presto, sí..., tan presto como siempre.

Sentada en la cama, un tanto ofendida y rabiada, la Extranjera se quedó contemplando el hueco de la puerta entreabierta por la que acababa de salir Concino, con la mirada perdida y vacía;

todavía podía oler en su cuerpo desnudo el aroma del hombre que acababa de poseerla y abandonarla, todavía sonaban en sus oídos los ecos de sus últimas palabras, y con la misma incógnita de siempre agazapada en los labios, como tantas otras veces, ella se preguntó: «¿por qué lo amaba?».

VII

La mañana es gris y plomiza. Las primeras brisas han perdido su aliento y vigor y un barrunto de lluvia se huele ya en la atmósfera estanca —esa atmósfera viscosa, tan típicamente parisina, que se adhiere al cuerpo como una segunda piel—. Guardado en el fondo de su coche, Concini atraviesa las calles humedecidas, contemplando el espectáculo de las gentes con cierta satisfacción de sí mismo. Hace tiempo que este sentimiento lo anima; se siente el hacedor de toda la barahúnda y conmoción vital que altera las calles. Contempla los rostros, escucha las voces, le llegan las vibraciones del afán humano, vibran en sus nervios los ecos del frenético ulular y siente que todo ello es parte de sí mismo, que son manifestaciones de su propia voluntad, que todo en París es una extensión de su ser tentacular. Él es quien hace y deshace en Francia. Él es la idea que todas esas muchedumbres ponen en ejecución cada día. Él es el cerebro de todas esas masas acéfalas. Casi le parece que es él quien les insufla vida... Pero sin embargo, al revisar todo esto, otra idea siempre lo inquieta: «Esa gente no me quiere... Me abuchean cada vez que encuentran una oportunidad; me hacen sentir sus celos, su odio, su desprecio... ¡Bah!», se consuela entonces, «qué otra cosa puede esperarse de esa canalla si mis enemigos se la pasan embadurnando los chaflanes con carteles plagados de inmundicias, en donde se me difama y se me ridiculiza. Ya los arreglaré a esos... Ya los arreglaré a todos... En cuanto a esta chusma; no la necesito. Ellos cambian de parecer como de humor. Hoy elevan lo que mañana aplastan. De nada vale su afecto. Basta sólo que me teman... Sí, con eso basta y sobra y yo me encargaré de alimentar ese temor».

Al entrar en una calle angosta, el coche de Concino se ve obligado a detenerse. Un carro cargado de heno y otro de barricas de vino obstruyen el paso. Concini se impacienta, como se impacienta siempre ante la menor contrariedad. Con cada segundo de espera, a

Concini parece escapársele la vida. Si por él fuera, el mundo giraría más aprisa; seguramente no se detendría jamás en una calle estrecha por un carro de forraje y otro abarrotado de bebida.

De pronto, el aire tiembla. Surgida desde un mojón de piedra, aparece una silueta harapienta ante él; un vaho a suciedad y pestes bosqueja esa silueta antes de que Concini pueda reparar en ella. Es un vagabundo, un guiñapo hecho de jirones de tela y de carne, que se arrima al coche furtivamente. Los dedos parecen a punto de caérsele de la mano que cuelga de un brazo enflaquecido, su otro brazo es un muñón sostenido por un cayado. Hay ojos sanguinolentos bajo los andrajos, que buscan y se clavan en Concini como destellos de acero; hay un cloqueo escalofriante de encías desnudas y babeantes y luego hay una voz ronca que raspa el aire, envuelta en una oleada pútrida. Y esa voz se dirige al mariscal de Ancre.

—¡Cuídate de tu vanidad, Isabelle! Cuídate de ti mismo más que de ningún otro en este mundo. Tu mayor enemigo viaja contigo a todas partes. Tú eres tu mayor enemigo. Isabelle mata a Concino. Concino mata a Isabelle. Entre todas esas horcas que has hecho levantar en la ciudad, no olvides reservar una para ti mismo, Concino; no olvides reservar una para ti, Isabelle.

—¿Pero quién eres tú, miserable?

—Soy la voz del pueblo. Soy la voz de Dios. Al uno no lo has conocido nunca; al otro no lo conocerás jamás.

Enclavijando los dientes, Concino estalla.

—¡A volar piojoso!, o te haré dar de palos…

—¿Amenazas desde la tumba, Isabelle? Tú no puedes dañar ya a nadie. Tú estás muy lejos de poder dar órdenes en este mundo. Tú ya estás muerto, Isabelle.

Temiendo pudiera tratarse de alguna emboscada, Concino lanza de inmediato miradas vertiginosas hacia todas partes, asomado la cabeza a través de las cortinas de cuero arremangadas en lo alto de la portezuela, abarcando con sus ojos todos los ángulos de la calle. De uno de los carros que interrumpen el paso se están descargando las mercancías. Hacia el otro extremo todo está en calma. Llegan en el aire los cantos y las risas avinadas provenientes de una posada.

Fuera de ello, nada hay que pueda inquietarlo.

Nada, excepto la voz del mendigo, el cual ha aprovechado la distracción para arrimarse aún más al coche.

—¡Cómo! —le inquiere entonces con risa convulsa—. El que a nadie temía, el que a todos desafiaba, teme ahora a un mendigo. ¡Ja, ja, ja! Bueno está eso. ¡Muy bueno, sí! Pero no temas, Isabelle, ningún daño puede hacerte este mendigo. No se daña a los muertos, y tú estás muerto, Isabelle.

Concini está a punto de abrir la portezuela y apartar de un puntapié al molesto pordiosero, pero en ese preciso instante, el coche comienza a moverse de nuevo.

Todavía el harapiento insiste.

—¿Te vas, Isabelle? Pues no muy lejos, no… Tú ya no te elevarás más, Isabelle… Tus alas están rotas y negra está tu alma. Si hubieras dejado los lechos de las reinas para los reyes, si te hubieses conformado con los camastros de las putas, otra sería hoy tu suerte. Pero tú te has echado en los brazos de la reina, de la reina viuda, y de viuda negra será ese abrazo para ti.

—¡Piérdete, engendro! —grita Concini arrojándole unas monedas de oro al molesto vagabundo—. ¡Piérdete y di a quien te envía que se pierda contigo en el infierno!

El coche hizo rodar con estrépito las ruedas sobre el empedrado, dejando atrás al mendigo, inclinado sobre las monedas diseminadas en el suelo. Con un cacareo regocijado, todavía el indigente pudo exclamar, aunque sin alzar la mirada:

—¡Adiós, Isabelle! Hoy te arranqué monedas, mañana te arrancaré el corazón.

Y el aullido de una racha de viento, como un eco interminable de esa infame voz.

—Adiós, Isabelle… ¡Hasta nunca, Isabelle!

VIII

Momentos después, el carruaje de Concini se detenía ante las puertas del hotel de la calle Tournon. El mariscal descendió del coche con andar nervioso. Todavía latían en sus oídos las carrasperas del viejo llagado, cuando el mayordomo lo recibió en la puerta.

—¿La señora? —preguntó Concini secamente, sin retribuir las cordiales palabras de bienvenida.

—Encerrada en su alcoba, Excelencia —respondió Andrés de Lizza, el sirviente de confianza de Leonora.

A Concini no le gustaba este personaje esmirriado y de rostro lúgubre que servía a su esposa rastreramente y en el cual, según él, depositaba ella una «exagerada» confianza. Al mariscal no le parecía persona de fiar. Muchas veces le había advertido a su mujer, refiriéndose al criado en cuestión: «no es más que un perro que sólo simula fidelidad y que un día hundirá los colmillos a traición, en la misma mano que hoy lame servilmente», y siempre para concluir, con sonrisa extraña: «Y no será mía precisamente esa mano, Leonora». Pero la Galigai, que tenía la mirada perspicaz y atenta para con todos, se mostraba ciega allí donde ponía el corazón.

Por lo demás, la antipatía era mutua. A De Lizza no le gustaba tampoco el mariscal; lo aborrecía, en verdad. La diferencia es que Concini podía manifestar abiertamente su aversión; el criado no. Por ello es que, afectando suma deferencia, Andrés de Lizza, añadió:

—La señora, Excelencia, es víctima de una de sus crisis.

—Ya veo —soltó Concini frío e indiferente, mientras se dirigía a su despacho. «Mejor así», se dijo para sí mismo. «No tengo tiempo ni ánimos para soportar alguna de sus escenas. Esta mujer, últimamente, me saca de quicio».

Pero a poco de revolver los innumerables pliegos amontonados sobre su escritorio, justo cuando acababa de dar con el que buscaba, la puerta de la estancia se abrió, y en el rellano, inmóvil y silenciosa, una silueta pequeña, de rostro desvaído, quedó contemplándolo en silencio. Sus ojos negros tenían la penetración y la dureza de un mal agüero. Era Leonora Galigai, la mariscala de Ancre, la esposa de Concino Concini.

—¿Ya ni siquiera te tomas el tiempo de pasar a verme cuando vienes?

El mariscal, afectando ternura y acatamiento, se acercó a ella para saludarla con un beso.

—Lo siento, *cara mia* —se excusó—, prometí llevar estos papeles a la reina, y el tiempo me apremia. Además, apenas entrar, el larguirucho de tu criado me advirtió que no te sentías bien. ¿De nuevo tus jaquecas?

—Mis jaquecas… y tantas otras cosas —respondió con falsa flema Leonora.

La suya es una voz que brota calma y límpida, como la serena superficie de un lago cristalino. Pero esas ondas, aparentemente apacibles, velan muchos fondos oscuros, en donde se desatan tremendas y soterrañas mareas.

—He tenido unos sueños horribles últimamente. Te he visto insultado, humillado y vapuleado por la canalla exaltada. He visto horrores que me han roto los nervios… No sabes, no imaginas las visiones que he tenido que sufrir durante las últimas noches. Visiones de horror y de espanto inconcebible…

—Pero no por malos dejan de ser sueños, *carissima*.

—También fueron sueños aquellos en los que te veía en la cima, y ya ves cómo sí se cumplieron.

—Pues por ello mismo debes dejar de inquietarte... Hemos escalado tan alto que nadie ya puede tocarnos. Si los grandes, pese a haber jugado a los turbulentos *condottieri* conmigo, no han podido nada hasta ahora; tanto menos podrán osar algo los pequeños, esa vil canalla que perturba tus sueños.

—¡Ay! Tu confianza, que tan pareja va con tu soberbia. ¿No ves que a ellas temo? Nunca es uno tan vulnerable como cuando se cree intocable. Pues nadie lo es… Quienes se confunden a este respecto caen apenas se apoya un dedo sobre ellos, del modo más ingenuo y definitivo, pues no los asesinan los demás, sino su propia confianza que los hace torpes e imprudentes. Basta que alguien se atreva… ¡y están muertos! Tu misma seguridad, *Concinetto*, es hoy tu mayor debilidad. Es esa seguridad tuya, tu imprevisión y tu desprecio soberano y manifiesto por todo peligro lo que me aterra, lo que no me deja en paz ni de noche ni de día.

—Pero, ¡vamos! Deja ya eso… ¿Quién ha pasado hoy por aquí para llenarte la cabeza de tanto temor sin substancia? ¿Los hermanos ambrosianos, acaso?, ¿el doctor de Palestina?, ¿Elie de Montalto, tal vez? ¿O hay algún otro nuevo brujo que te visita? ¿No te he dicho ya que entre todos ellos sólo conforman un elenco de farsantes? Yo los he visto mejores en la *commedia dell'arte*. ¿Cómo no entiendes que es este encierro tuyo, esta existencia sombría que tú llevas, recluida siempre en estas lúgubres estancias, la que propicia todas esas alucinaciones funestas que te atormentan? Abre las ventanas al mundo, deja entrar el sol, y verás cómo todo se aclara en tu mente.

La mirada de Leonora parece surgir desde cuevas muy profundas, lo mismo su voz, cada vez más honda y amarga. Es una voz de mujer desencantada, y algo parece quebrase en alguna parte recóndita cuando esa voz hiere el aire.

—Hablas de claridad, y nada sabes de ella. Sólo te escudas en mi alucinación para mejor justificar tu ceguera. Algunos nacen para la luz, querido; otros para las sombras. Mi sino es y ha sido siempre, desde que era pequeña, la oscuridad. Vivir a la sombra de una reina, vivir a la sombra de mi marido, vivir a la sombra siempre. Y ello nunca me ha molestado. Para que la mitad del mundo se ilumine, la otra mitad debe permanecer a oscuras. Para que tú destaques en esplendor, *amore mio*, yo debo permanecer oculta y tramar en las sombras. Este es mi sino, como decía, y no reniego de él. Pero yo veo en la noche lo que tú no ves ni en pleno día.

—¿Y qué es aquello que yo no veo?

—Que aquí ya no se nos quiere. Que toda Francia trama contra nosotros. Que no podremos contener por mucho más el odio implacable ni las envidias criminales de grandes y pequeños, pues estos irán creciendo día a día y sin término. Que, en fin, es momento de partir.

A sus cuarentaidós años, Concini se siente en la plenitud de su agitada existencia. Cree tener el mundo en sus manos, y aun ello no le parece suficiente; con una voluptuosidad rayana en el delirio, advierte cada día que en esas manos suyas queda espacio para abarcar todavía más…, mucho más.

—¿Partir? —inquirió sin terminar de comprender la sugerencia de su esposa, como si se tratase del mayor de los absurdos—. ¿Deliras, acaso? ¿Partir cuando estamos en lo más alto, cuando ya nada se nos resiste?, ¿cuándo finalmente hemos alcanzado todo aquello que nos habíamos propuesto, aquello con lo que tan sólo soñábamos hace unos años?

—Precisamente… Estamos hoy tan alto que ya no podemos ascender más; estamos tan alto que desde esta altura todo es vértigo, y el menor paso supone caer en un abismo infinito. Es nuestro mismo poder lo que nos traerá la ruina. Este poder caprichoso, que ofende al mundo por carecer de legitimidad. Tanto para la nobleza como para el pueblo nunca pasaremos de meros advenedizos; peor aún, intrusos italianos en su corte francesa. Estamos solos, *Concinetto mio*.

—¿Olvidas que contamos con el aval de la reina? ¿Qué mayor legitimidad que esa?

—¡La reina…! ¡Oh, la reina…!

Hay desencanto en la voz de la sombría mujer. El desencanto está enclavado en su alma como una astilla que hiere cada uno de sus pensamientos.

—No, no me olvido de ella —ratificó con frialdad—. ¿Pero qué garantías podría darnos esa criatura inestable? Eres tú quien olvida que la conozco desde pequeña, que yo soy su «muy querida Leonora». Nadie, nadie en este mundo conoce mejor a esa mujer que yo. La historia de tu buena fortuna no es sino el correlato de mi buena fortuna con ella, de la influencia de mi firme voluntad sobre ese carácter dubitativo, del imperio que toda mujer superior ha de ejercer siempre sobre una boba. Yo reino sobre su debilidad que es hoy la debilidad de Francia. Pero ello no será así por siempre…

Concini se pasea nervioso por la habitación mientras recibe las amonestaciones de su mujer; difícilmente puede permanecer quieto mucho tiempo, y esa habitación ya es una suerte de jaula estrecha para ese animal salvaje. Jugueteando sin cesar con el pesado anillo en el cual, magnífico, aflora un diamante, se detiene de pronto ante la ventana. Por un momento su mirada se pierde en el horizonte lejano; lejos, muy lejos, sí, más allá de los límites ondulantes que trazan los techos pizarrosos de la ciudad. Luego, volviéndose hacia Leonora.

—¡Sí que lo será! La reina ha unido su destino al nuestro de tal manera, que lo uno no puede existir ya sin lo otro; ella no puede cortar el lazo que nos une sin perderse a sí misma también, y la reina ha tomado el gusto del poder; del poder que cree tener, por supuesto; la reina es ambiciosa, gusta de darse importancia, precisa de la adulación como del pan de cada día. Y sin nosotros, ella sabe bien que no tendría su pan, que no tendría nada, que estaría perdida.

—La reina ya está perdida, *Concinetto*. Su débil carácter se resiente cada día más ante tanta conmoción. Ella misma lo ignora, pero en su fuero interno está harta de tanta trama cernida sobre ella y sólo sueña con que nos vayamos, con dejar el reino a su hijo y vivir cómoda en su retiro. La corona es hoy un peso insostenible sobre su cabeza. La reina se desplomará bajo ese peso un día de estos, y ese peso también caerá sobre nosotros para aplastarnos. Ello si es que sobrevivimos hasta entonces…, o si somos lo bastante ingenuos como para quedarnos a esperar que ello ocurra. ¿No ves que no es por mí que temo, sino por ti, *amore mio*? Yo quise que lo tuvieras todo, todo aquello para lo que habías vivido; todo y más quise ponerlo en tus manos. Y ahora…, ahora me aterra la idea de que puedas perderlo y perderte a ti mismo con ello. Me aterra, sí, pensar en lo que pueda ser de ti… ¿Para qué vivir bajo constante amenaza? Esto ya no es vida… Ningún nervio puede resistirlo. ¿Qué nos importan todas las querellas de la corte? ¿En qué nos atañen las maquinaciones de Francia sobre las otras potencias? ¿Qué tiene que ver todo ello con nosotros? Hemos acumulado una fortuna que nos permitiría vivir como príncipes en Italia. ¿Por qué no volver a la patria como vencedores antes de que nos derroten en un país extraño?

¿Recuerdas el sol de Florencia? ¿Recuerdas la belleza de sus paisajes y de sus atardeceres en las colinas erizadas de cipreses? Aquí todo es brumoso e incierto, aquí llueve todo el tiempo, aquí sólo hay cielos grises y noches húmedas, frías y tristes. Volvamos, *caro mio*, volvamos a nuestra tierra soleada y seamos felices por siempre como en los cuentos de hadas. Aquí ya no nos quedan victorias, sino sólo derrotas y humillaciones por saborear…

Concini rebuscó en su pasado, rastreó en esos indicios bosquejados por su esposa, hurgó en su débil memoria, pero no encontró nada. Nada que valiera la pena ser evocado. Su mirada se hizo de hielo cuando preguntó:

—¿Florencia? Pero, dime, ¿dónde es eso? Yo ya no lo recuerdo. ¿Acaso ha existido alguna vez? Y si así fuera, ¿qué podría importarme? Lo que *fue* ya no cuenta para mí; sólo lo que *será* me anima. El pasado es igual a *nada*, y el mañana lo es *todo*. *Más*, yo sólo quiero *más*, y no puedo detenerme. Tal como están las cosas, dejar de avanzar, significaría retroceder; dejar de elevarme, supondría precipitarme y caer. Te lo he dicho cientos de miles de veces; *menos* para mí es igual a *nada*. ¿Quieres que yo viva para saborear la insipidez de esa «nada»? No, eso no es para mí; lo sabes…, bien que lo sabes. Para mí sólo hay encanto en tentar a la suerte, y yo la tentaré tantas veces como me resulte posible. Yo necesito saber hasta dónde la fortuna puede elevar a un hombre, hasta dónde se dignará elevarme a mí. Lo otro…, lo otro déjaselo a los mediocres, a los seres pequeños, a los miserables, a los cobardes… Lo otro, definitivamente, no es mi negocio. Sé que aún no he agotado mi medida, que aún no he visto lo suficiente del mundo ni de mi propio ser, que un destino mayor me reclama. ¿Cuál? ¡Ay!, pero si esta sola pregunta basta para echar a rodar una existencia; si esta sola pregunta, y la busca de su respuesta, es, de cierto, la vida misma. Por otra parte, ¿qué tengo que temer yo de la chusma? ¿Qué valen contra mí esas masas ignaras?, ¿qué daño podrían hacerme?

—Todo —insistió Leonora, con sus últimos arrestos, temiendo, sin reconocerlo todavía, batallar una causa perdida—, lo debes temer todo desde el momento en que todo tienes que perder, desde el momento en que tú estás solo y ellos están unidos contra ti. ¿Recuerdas aquellas palabras tuyas, cuando sólo eras un apuesto aventurero siguiendo el cortejo de María de Médici? Yo te pregunté entonces, durante una de nuestras primeras conversaciones, «qué ibas a buscar a Francia». Y tú, tan encantadoramente resuelto como siempre, tú me contestaste…

—La fortuna o la muerte.

—Sí, ¡lo recuerdas, *mio caro*! Todavía me parece verte en aquella postura de desafío lanzado al mundo. Te amé entonces; te amo ahora; pero tú ya has hecho tu fortuna, *Concinetto*, ya la has encontrado. No se puede pedir más cuando se ha alcanzado todo —todo aquello por lo que se ha vivido. En tal caso, *más*, sería una exageración, resultaría una insolencia; *más* sería la muerte.

Concini esbozó entonces una sonrisa maliciosa; esa clásica sonrisa suya, tan afilada que parecía cortar el aire con ambos labios; tan inquietante para todos, sí, como para la propia Leonora. Luego, resuelto ya a partir, se acercó a su mujer, y dándole un beso en la frente, concluyó irónico:

—Pues ya ves, mi pequeña, que, en aquella oportunidad, yo no te había mentido. Si no es la fortuna… que sea la muerte.

IX

Cuando Leonora oyó, llegada de la calle, la orden de su marido instando al cochero a partir con destino al Louvre, estaba ella ya en su habitación, sentada en una butaca, con un nudo de nervios estrangulando su estómago y su garganta. La salud de la mariscala era cada vez más precaria; su sistema nervioso se resentía día a día, sin vislumbres de recuperación. Hacía tiempo que era presa de constantes crisis prácticamente ininterrumpidas, que vivía sumida en un estado de continuo nerviosismo con apenas breves intervalos de serenidad, en los que la apatía y el desasimiento se hacían presentes. Las drogas tenían sobre su ánimo un efecto cada vez menos duradero; su estómago ya se resentía peligrosamente de las dietas extravagantes que le habían aconsejado los médicos. Por añadidura, los ritos extraños, las ceremonias insólitas, las evocaciones impías no surtían efecto. La escena que acababa de protagonizar junto a su marido no la había ayudado tampoco, sino todo lo contrario: demostrar tan alto grado de lucidez y entereza le había significado un gasto enorme de fluido nervioso, un esfuerzo soberano que su quebrantada naturaleza no estaba en condiciones ya de afrontar. Se había propuesto mantenerse calma, hábil y fría en sus palabras y consideraciones. Lo había logrado en cierta manera; mas ¿a cambio de qué? Su marido parecía cada vez más ofuscado en una ambición suicida, mientras que la tensión de la dramática escena había resultado ruinosa para la frágil salud de Leonora. Y ahora, mientras con dientes castañeteantes observaba sus manos temblequear sin control, sumida en profundos accesos de escalofrío, tal y como si un viento helado de cementerio hubiese soplado sobre su alma aterida, las visiones horribles de sus noches de pesadilla emergían de nuevo del infierno soterraño, para descomponer el poco aplomo que le restaba.

Un músculo rebelde latiguea en la mejilla derecha de la mariscala. Imposible contenerlo. La cabeza le late como si una vena estuviese a punto de explotar en su cerebro después de haber aturdido todas sus ideas. Y las visiones…, las visiones perturbadoras que comienzan a desplegar sus alas negras; esas visiones que traen un regusto a infierno y pesadilla. Las visiones… moviéndose en brumas enfermizas y alucinantes:

Ve a su marido muerto, asesinado, vejado, linchado, arrastrado de los pies por una canalla enardecida; la cabeza de su *Conchine* golpeteando el empedrado con el ruido interrumpido de una carretilla. Ve un bosque sembrado de horcas, verdugos negros, decapitaciones atroces; ve calles rojas bañadas en sangre, y sobre ese torrente purpúreo, revuelto, burbujeante, ve una bola que flota, una bola que se desliza veloz hacia ella, que asciende sobre su cuerpo, que rueda hasta su garganta para asfixiarla, para enloquecerla de horror y angustia. ¡Imposible resistir mucho más esa opresión! Desesperada, Leonora toma la bola entre sus manos, quiere arrojarla muy lejos, quiere deshacerse de ella, quiere resurgir de su ahogo y su delirio, pero cuando contempla la bola chorreante de sangre, con espanto descubre que es su propia cabeza decapitada que la mira con ojos vacíos.

La mariscala lanza entonces un grito feroz; un grito inhumano como un aullido animal, surgido del infierno que lleva dentro, ese infierno que aflora de a ratos ante su mirada convulsa, que la abrasa, que la aterra, que la desquicia, que no le permite vivir ni dormir en paz. Es un aullido de locura que semeja una exhortación a los mil demonios que la asedian en la oscuridad y sin descanso. Y como si tal cosa fuese posible, uno de esos demonios se acopla al llamamiento; emerge a sus espaldas como una sombra que se desprende de las muchas sombras que la rodean. Suaves se asientan dos manos sobre sus hombros: son manos que transmiten vibraciones extrañas, que conocen reparaciones ocultas, que poseen la virtud de serenar con su solo contacto a la mariscala. ¡Son las manos de Elie de Montalto!

Pasado un momento de eterno silencio, el monje le acerca un cuenco a los labios, cuyo contenido incierto ella se apresta a beber con avidez. Los ojos de la pobre Leonora fulgen en la oscuridad de

la habitación como dos carboncillos recalentados por un fuego soterraño. Siente que una paz penetrante aquieta su alma atormentada;
es una paz efímera, lo sabe, conquistada con malas artes; pero es
paz al fin.

Luego de ese breve período de blanca ausencia, a sus espaldas,
la voz suena baja y átona.

—¿De nuevo las visiones?

Ella, sin volverse, con la mirada enajenada y la palabra temblorosa después de haberse paseado al filo de la histeria.

—Sí, y cada vez más vívidas… Cada vez más cercano está
aquello que ha de ser, tanto que se me figura inminente…

Leonora inclina la cabeza, llevándose las manos al rostro.

—Y él… —continúa en igual actitud— sin poder entender
nada… Cada vez más ciego y obtuso… Cada vez más adherido a
las telarañas que teje su quimera; esa quimera que más temprano
que tarde lo devorará, luego de haber sorbido toda su savia.

El rostro abatido, humillado, acurrucado en las tinieblas que se
ahuecan en las manos trémulas. Leonora se desahoga meneando la
cabeza.

—Mis palabras resbalan en sus oídos… Mis razones son sin-
razones para ese su entendimiento que sólo acata el látigo de la
ambición. No puedo convencerlo de desistir en su obstinado em-
peño. No tengo suficiente poder para ello, si es que tengo alguno
en verdad. Va hacia su propia destrucción como si fuera hacia una
boda, con manifiesto desparpajo, con mirada fascinada, y no parece
haber modo alguno de frenarlo…

—Pero lo hay —se oye categórica la voz a sus espaldas.

En Leonora los ojos se encienden todavía más.

—¿La mujer?

—La mujer, señora, la que llaman la Extranjera.

—La Extranjera…

Leonora parece paladear esa última palabra como si tuviera un
sabor especial; un sabor único, extraño, misterioso, sorprendente.

—Dime, Montalto, ¿crees que ella lo ama?

No hay abismo tan profundo como el misterio. No hay abismo

más inquietante y fascinador. La voz de Montalto parece emerger siempre de ese abismo misterioso que inquieta y que fascina a la vez a Leonora.

—Sólo sé que esa mujer está en el medio de muchas cosas…

La habitación en penumbras… Las ventanas cegadas… Pero la verdadera oscuridad está dentro de esas dos siluetas que se hablan, que se escuchan, que se comprenden y adivinan.

—Me entrevistaré con ella, Montalto. Debo hablar con esa mujer.

X

Las reuniones entre Concini y María de Médici eran puntuales, largas y, mayoritariamente, herméticas. Hacía tiempo que la influencia de la Galigai sobre la reina había cedido ante el influjo de su marido. No existía un solo proyecto, una sola decisión, una sola medida que la reina tomara sin el consentimiento del mariscal de Ancre, o más probable, sin su inspiración. Y, por supuesto, sobre este ascendente se tejían todo tipo de chismorreos y habladurías picantes. Pues todo era habladurías en torno al matrimonio Concini. ¿Acaso no se lo había visto al advenedizo italiano abandonar la habitación de la reina abotonándose el jubón con total desparpajo? ¿Acaso los vástagos de la florentina no recordaban sospechosamente, en rasgos y gestos, al mariscal de Ancre, antes que al difunto Enrique IV? ¿Acaso la reina no le permitía a Concino libertades de padre para con sus hijos? Lejos de intentar echar por tierra tales rumores, a Concini le divertían sobremanera. Festejaba, por ejemplo, la ocurrencia popular de bautizar el puente que servía de unión entre los departamentos de la reina madre y su casita de soltero a orillas del Sena, con el nombre de *le Pont de l'Amour*. Es más, él mismo parecía poner todo de sí por mor de alimentar esta clase de rumores y peligrosas asociaciones. Le divertía el escándalo en torno a su nombre. Le divertía el escándalo siempre, como si nada le entretuviese tanto como dar que hablar y perturbar a los gentileshombres con su impertinencia y comportamiento poco conveniente, como si nada le causara mayor placer que demostrarles abiertamente a todos y a cada uno, su soberbio y ofensivo desprecio por las formas de la corte. «Que hablen», solía lanzar con sardónica sonrisa, «mientras tanto yo existo, yo actúo», convencido de que a aquel a quien de todo se considera capaz, es a quien menos cuentas se le piden finalmente. Sí, Concini se creía más allá de toda habladuría, más allá de los protocolos, más allá del bien y del mal. Retaba a todos con su mirada, sus palabras y su proceder. Su actitud era un abierto desafío lanzado al mundo de la corte e incluso al pueblo mismo.

Pero las habladurías crecían... y no había nadie en París que se les resistiese; más aun, que no se prestase a ellas. Pululaban por los corredores de la corte, atravesaban las paredes del palacio y se derramaban incontenibles en las calles, donde saltaban de boca en boca, colándose hasta la última rendija del rincón más oscuro. Ni de día ni de noche callaban. Las habladurías florecían como estrellas de odio y de violencia en todas las miradas, y una atmósfera enrarecida de revuelta e indignación comenzaba a pesar sobre los cielos brumosos de París. Sí, Concini tenía el poder, y lo tenía con mano firme, pero no reinaba solo en Francia; tenía un rival peligroso y multitudinario: la habladuría. Y de la habladuría a la confabulación no había más que un paso.

Cuando aquella mañana llegó al Louvre con la intención de que la reina le firmara unos papeles, no supo que estaba siendo acechado, que sus movimientos eran estudiados por dos siluetas ocultas bajo un ángulo de sombra formado por las muchas arcadas del patio principal, que estaba siendo objeto de estudio para una sangrienta maquinación.

—Ahí va el insolente. El mariscal del chancro. El jefe de los putañeros. Tan altanero y ufano como siempre. Hasta aquí se puede oler el coño de la reina como una peste exhalada de su boca viciosa. Dos días más y esa boca estará saboreando gusanos.

—Déagant tenía razón. No lleva escolta.

—Sí, el cretino se cree intocable. Ya veremos lo que hay detrás de esa coraza de soberbia cuando le abramos las tripas y lo abandonemos a los cuervos. Dos días más... sólo dos días... y sabremos a qué sabe su arrogancia. Ahora vayamos a informar a Vitry. Nuestro capitán está a punto de hacerse un nombre en la historia. Pronto habrá un rey legítimo en Francia.

—Sí, pero... ¡vaya manera de comenzar un reinado!, ¡con un asesinato! ¿Qué dirá la historia de ello?

—Todo depende de quien la escriba. La historia tiene la moral de los vencedores. Que se hable de simple asesinato o de una razón de Estado dependerá sólo del éxito de nuestra empresa. Y la empresa saldrá con bien, no lo dudes. Esta historia la escribiremos nosotros.

—Un trono asentado sobre un cadáver… Sigue sin agradarme la idea.

—Déjate de simplezas. Finalmente el tal Concini resultará un buen abono para la corona. Auguro un reinado fructífero para Luis XIII.

XI

Había, a pocos pasos del Louvre, en la ribera del Sena, una pequeña casita muy pintoresca, refugio soñado e inviolable del mariscal de Ancre. Nadie osaba asomarse allí, ya que, por edicto del favorito de la reina, a son de trompetas se había proclamado que a quien a pie o a caballo se encontrase en las inmediaciones de su morada, en posesión de una pistola, sería ahorcado sin declaración ni proceso. Proclama intimidante a decir verdad, capaz de disuadir al más intrépido de los curiosos, sobre todo teniendo en cuenta que Concino jamás amenazaba en falso, y que cincuenta horcas se habían levantado en París por disposición suya.

Allí, desde su separación de la Galigai, pasaba el aventurero sus mejores ratos, ya bien en soledad, planeando a la sombra del Louvre sus futuros movimientos, o bien en compañía de un personaje extraño que, como no podía resultar de otra manera tratándose del mariscal de Ancre, daba mucho de qué hablar tanto a gentiles como a comunes. En efecto, a veces un mancebo de rasgos muy finos y talle esbelto le aguardaba en la lobreguez de su morada silenciosa. Mucho se rumoreaba en París acerca de este merodeador nocturno que sólo muy ocasionalmente se mostraba a la luz del día; interminables eran las murmuraciones acerca de estas sospechosas familiaridades de Concini con aquel mancebo misterioso. Él reía de esto, como reía de casi todo siempre. Sabía que estaba en boca del mundo y que esto mismo no tenía remedio. Sus enemigos, por otra parte, los grandes del reino, se encargaban muy bien de desparramar por París ofensivas chanzonetas y toda clase de libelos difamatorios que lo mostraban ridículo o aborrecible a ojos del pueblo. Concini parecía haber nacido para el escándalo, y el escándalo parecía haber sido hecho para cebarse en Concini. Además, él mismo semejaba sentir una ferviente curiosidad por conocer hasta qué extremos puede llevar la maledicencia a los hombres, bajo qué fondos de inmundicias puede anegarlos. «Yo vengo del estiércol», solía decir mordaz, «como del estiércol viene también la flor que nos maravilla por su belleza y fragancia. Pero quienes en la flor sólo ven y huelen estiércol…, decidme, ¿qué son?».

Concini no renegaba de Isabelle; nunca lo haría. Por el contrario, Concini amaba a Isabelle. Y a más de esto, en lo tocante al misterioso mancebo que tanta murmuración ocasionaba en las calles y en los salones parisienses, nadie mejor que él sabía que si alguno de esos chismosos, en las intimidades de su pequeña casita, hubiera visto a aquel mancebo despojado de sus ropas varoniles, con los cabellos abundantes y sueltos, exhibiendo sin pudores las seductoras sinuosidades de sus formas de mujer, el maledicente en cuestión habría callado al momento —de envidia, por supuesto—. Pues ese mancebo que lo frecuentaba con asiduidad y misteriosamente, no era sino la Extranjera, disfrazada para la ocasión. La Extranjera, sí, la mujer más deseada de todo París.

XII

¡La Extranjera! Así la llamaban, y su nombre había quedado sepultado bajo el apelativo, junto con su pasado, junto con su origen. Nadie sabía de dónde había venido. De Rusia afirmaban algunos; de Alemania otros; pero en concreto nada se sabía. Por otra parte, su acento resultaba de difícil filiación, de procedencia incierta. Sólo su belleza no presentaba dudas. Su belleza como un espejismo más que una realidad. Tenía la cabellera abundante y de un extraño oro rojizo, como una hoguera que se encendía al sol, que se atenuaba bajo la luna, pero que nunca se extinguía. Por momentos, esa cabellera semejaba derretir el hielo de la tez muy blanca que abrasaba con su ardor. Pues así como llevaba el rojo del fuego en los cabellos, llevaba también la palidez de la nieve en la piel. Y entre ambos mundos, dos ojos maravillosos y meridianos, como hechos de trozos de tierra y de fragmentos de maleza, concebidos para pautar un equilibrio entre el rojo fuego y la blanca nieve. Su carácter presentaba la misma ambivalencia. Cuando reía evocaba el sol de los amaneceres y de las flores y de los bulliciosos gorjeos, pero esa ardiente y juguetona boca suya podía cerrarse sobre la tumba de su ser y su pasado: lúgubre, fría y silenciosa como una lápida. Y entre ambas instancias siempre los ojos, esos ojos hechos de fragmentos de tierra y restos de hojarasca: ojos meridianos. En cuanto a su cuerpo, decían que había sido creado para exacerbar el deseo, para desatar todas las locuras de la carne, para incurrir en todos los excesos de la lujuria. Todo ello se decía, pues lo cierto es que no eran tantos los que podían hablar en París con conocimiento de causa sobre ese templo de deleite; tan sólo algunos pocos escogidos, entre los cuales estaba Concini, por supuesto, el actual hombre de la Extranjera.

Habitaba esta mujer, que frisaba ya los treinta, en el segundo piso de un garito situado en la calle de Berry, el cual regenteaba como un fantasma, ya que sólo aparecía allí enmascarada. Ese segundo piso era su oasis de paz y sosiego; un paraíso de quietud bajo el cual bullía el infierno del juego y el placer. A sus instalaciones llegaba por una puerta opuesta a la entrada del burdel, con salida a otra calle, y ascendía por escaleras transitadas sólo por ella y sus sirvientes de confianza. Concini no se valía jamás de estas escaleras secretas ni de estos accesos privados; a él le gustaba irrumpir siempre por la puerta grande, aún cuando se tratase de la puerta del infierno. Isabelle no tenía nada que ocultar, o, más bien, no era hombre de valerse de máscaras. Llevaba su pasado desordenado con orgullo insolente en su memoria y en su rostro, y lo evocaba con desenfado también en su presente. Nada avergonzaba a Concini, pues todo le parecía muy digno de ser gozado y vivido. Para él la vida era un juego, y en ese juego siempre estaba dispuesto a redoblar la apuesta. Podía sorprendérselo jugando sucio, haciendo trampas, valiéndose de todo tipo de recursos deshonestos, pero nunca se lo sorprendería abandonando la mesa a mitad de una partida.

Se decía que el verdadero dueño del garito era el propio Concini, y que la Extranjera sólo lo administraba en su nombre. No era una especulación descabellada. Aquel que sin haber presenciado jamás un campo de batalla ostentaba el título de mariscal de Francia, con mayor justicia podía pasar por dueño de un prostíbulo, habida cuenta de que era éste un terreno en el cual había batallado con verdadero ardor y pericia.

Concini reía de estos supuestos como de otros tantos. Le divertían sobremanera, pues la vida para él era eso, un simple divertimento. Concini reía siempre, sí; reía con desparpajo y peligrosamente. Concini era muy capaz de reír sobre las fauces de un volcán. Acaso era esto mismo lo que estaba haciendo.

XIII

Con sus finas manos muy blancas, con sus dedos muy largos, trenzando delgados lazos de seda, la mujer se acomodaba la maravillosa melena ante el espejo del tocador. Desde hacía un buen tiempo a esta parte, este ritual era articulado por un mismo y único pensamiento, pues ya fuere que ella se peinara, que se perfumara, que pusiese rubor en sus mejillas o que se acomodase el vestido, no tenía sino una sola preocupación en la cabeza: «¿Qué dirá él? ¿Con qué ojos me habrá de recibir? ¿Esto lo cautivará?». Pues sí, desde hacía un buen tiempo a esta parte, la Extranjera estaba enamorada, y no era ella el tipo de mujer que supiera disimular o que alentara siquiera intenciones de ocultar sus sentimientos. Tanto menos tratándose de sentimientos amorosos, de simular ante un espejo, de simular ante sí misma. Pero hoy otra preocupación la inquietaba.

Sobre la mesa de arreglo, revestida con piel de zapa, a uno de los extremos y confundidas entre joyas, broches y demás aderezos personales, unas flores mustias eran testigos impasibles del ritual femenino. Eran flores silvestres que le había traído Concini en su última visita. Siempre aparecía él con esta suerte de humilde ofrenda ante ella. La primera vez que lo viera llegar con uno de esos ramilletes en las manos, sorprendida, la Extranjera había exclamado:

—¿Qué me traes, granuja? ¿Flores silvestres?

—Sí —había respondido Concini muy divertido—. Una mocosa del pueblo me las obsequia todas las mañanas. Las recoge ella misma durante la noche. No pasa un solo día sin que, camino de mi casa al Louvre, me sorprenda la arrapieza con sus rústicas flores que huelen a pasto y rocío. A cambio yo le doy unas monedas. ¿Por qué? ¿No te gustan?

Ella, luego de tomar el ramillete entre sus manos y olerlo profusamente, había contestado:

—Efectivamente, huelen a pasto y a rocío. Por el contrario, mi amor, me encantan. ¡Son las flores más hermosas del mundo!

La Extranjera recordó esta escena al contemplar el ramillete mustio sobre la mesa; se miró al espejo una vez más de un modo intenso y de nuevo tomó la carta que su criado le había traído hacía unos momentos y que llevaba la firma, nada menos, que de la mariscala de Ancre. ¡Este era el otro pensamiento que suscitaba en esa hora su inquietud!

La tarde era oscura y la habitación parecía dormida en el silencio y la penumbra, semejante a una bóveda sepulcral; ahora sólo las manos de la mujer parecían despiertas en ese ensueño sereno; las manos que sostenían nerviosamente la esquela bajo la luz de la lámpara que iluminaba el tocador. Sentada en su butaca, ella vuelve a leer la carta que ya lleva releída cientos de veces. Pocas palabras, pero mucho por interpretar. Pocas palabras pero mucho es el misterio que encierran esas palabras. Hay reflejos de llamas en el cabello que encienden las candelas. Breves centelleos que llegan desde las inquietas luces de la lámpara. Se quedan un momento allí, juguetean con las hebras, y luego se extinguen para volver a aparecer una vez más.

No termina de entender. La Galigai le propone un encuentro, le solicita una entrevista en términos apremiantes. En pocas palabras, sin detenerse en consideraciones, le hace saber que la vida de Concini corre un grave riesgo y que precisa de su ayuda para librarlo de la conjura que se cierne sobre él. ¡Su ayuda! ¿En qué podría servir ella, una sencilla ramera, a la mujer que teje los destinos de Francia, a quien todos temen, ante la cual todos se inclinan, aquella que es dueña del sentimiento de la reina y de Concini? Esto mismo se pregunta recelosa la Extranjera sin llegar a comprender. Por otra parte, no ignora la fama de la Galigai; fama de bruja, de hechicera, de diablesa, cuyos cabellos de medusa, se dice, y sus ojos de harpía, se añade, bastan para lanzar fulminante el sortilegio. Y sin embargo, la mujer le intriga soberanamente. Esa mujer vive incrustada en su fantasía como una obsesión; tiene deseos rabiosos de conocerla, pues ella le disputa el amor de un hombre —*su* hombre—. Y además, ¿no está en peligro ese hombre? Así lo afirma la esquela. ¿Cómo permanecer insensible ante esto? Por mucho que dé vueltas al significado oculto de la misiva, sabe que no tiene opción. ¡Irá! No puede rehusarse ni resistir la tentación. Como a todos, la mariscala le inspira temor; como a todos, el sólo nombre de Leonora Galigai la intimida. Pero no es ella mujer de ceder al temor y a la intimidación fácilmente. Tanto menos habiendo *amor* de por medio. Es orgullosa y no se amilanará ante la mariscala. Irá, sí, porque acaso la vida de Concini dependa de ello; irá porque no podría permanecer un momento más con la duda y sin adelantar nada al respecto. Irá por amor, por curiosidad, porque la invita su rival, porque es mujer y no puede rehusar el desafío de otra mujer. Irá, en fin, porque sabe que *debe* ir.

La Extranjera releyó en silencio la esquela una vez más. Echó un nuevo vistazo sobre las flores mustias, se contempló de nuevo en el espejo, y, dirigiéndose a su criado:

—¡Pigard! Avisa al cochero que voy a salir.

XIV

El lujo del hotel de la calle Tournon era obsceno en su magnificencia. Suntuosos muebles ricamente decorados, tapicerías de complicado diseño, un número considerable de obras de arte firmadas por los artistas más reputados de Italia; bronces, mármoles, detalles regios en todos los ángulos. Era ese lujo soberbio que hace sentir pequeño y miserable a todo el que no puede remontar hasta su gloria. Un lujo ofensivo, sí, y abrumador, cuyo primer efecto era dejar boquiabierto a quien lo contemplase, y el segundo, verdaderamente humillado. Hay luces demasiado potentes que revelan de inmediato nuestras debilidades; hay luces que hacen ver todas las cosas hermosas que nunca jamás tendremos; hay luces impolutas que rivalizan con el día, que lo blanquean todo y nos recuerdan cuántas noches transitamos por caminos de lodo. Tales eran las luces en aquel palacio y tales fueron las primeras impresiones de la Extranjera al ser conducida, por Andrés de Lizza, a través del salón principal. Impresiones que subieron de punto al quedar ella aguardando allí a la mariscala y contemplar todo cuanto la rodeaba con mayor detenimiento. La Galigai había asestado ya su primer golpe sin moverse de su tocador, y era éste un golpe de arrogancia.

Impasible recibió Leonora la notificación por parte de su criado de que la Extranjera la esperaba en la sala. Se miró al espejo de modo instintivo, y se quedó allí contemplándose unos momentos… No tenía el hábito de hacerlo. No era el espejo su mejor aliado; nada había visto nunca en él que halagase su vanidad. Sin embargo, la ocasión extraordinaria suscitaba impulsos extraordinarios. Se vio profundamente demacrada, y acaso más fea de lo habitual. Su enfermedad nerviosa estaba haciendo estragos en su alma, y ello trasparecía en su semblante. Dio un fuerte sorbo a la pócima que por prescripción de Montalto, su médico de confianza («el brujo de la Galigai» como le llamaban), abrevaba de un cuenco de oro con incrustaciones extrañas, cada vez con mayor asiduidad y en dosis más elevadas; se trataba de una suerte de agua lustral que servía para mitigar los temblores de sus manos y las delirantes efervescencias de su cerebro, el sabor era amargo, el color oscuro y el perfume hediondo. Luego rodeó su cuello de amuletos varios, con leyendas insólitas, mezcla de latín y hebreo, cada uno con un carácter protector específico. Calzó por fin su anillo estrellado; se cubrió el rostro con un velo negro para guardarse del mal de ojo (ya que nada le parecía demasiado a Leonora tratándose de conjurar la mala suerte y mantener a raya a los malos espíritus), y así provista, echando un último vistazo al espejo, se incorporó para dirigirse al encuentro de esa mujer que tanto le obsesionaba y en quien cifraba ciertas esperanzas.

—Veamos de una vez por todas a esa cuyo nombre tanto repite en número cabalístico la Magia —se dijo mientras descendía con lentitud por las escaleras de estilo italiano—. Veamos a esa cuyos superficiales encantos parecen resultar más poderosos que todos los hechizos ocultos. Belleza y amor reunidos pueden desatar los embrujos más fieramente apretados. Veamos, pues, a esa a quien llaman «la Extranjera».

Sólo unos momentos después, ambas rivales estaban frente a frente, midiéndose en silencio, con cautela, como dos bestias que estudian el menor movimiento del contrincante, a fin de determinar cuál de ellas ha de resultar la cazadora… y cuál la presa.

XV

En un principio, la Extranjera sintió esa superioridad instintiva que toda mujer hermosa experimenta de inmediato de cara a un ejemplar del mismo sexo muy poco agraciado; tanto más si se trata de un rival en el terreno amoroso. La Galigai era fea, en verdad, acaso más de lo imaginado, y la primera impresión que daba su apariencia era decididamente desagradable. Pequeña hasta decir enana, con una nariz bufonesca y una mirada siempre ensombrecida bajo las tupidas cejas, la «queridita de la reina», como se la llamaba en los corredores de la corte despectivamente, semejaba una muñequita hecha para inspirar la repulsa y el temor en los niños, antes que la ternura o la adoración. No obstante, la mariscala de Ancre conocía perfectamente el primer efecto que ocasionaba con su figura. No era un secreto ni una sorpresa para ella; su encanto (y ella lo tenía) no era efecto de un instante, sino de una ardua labor. Y se conocía completamente preparada para desarrollar siempre esa ardua labor.

Por otra parte, ese primer sentimiento de superioridad que experimentara la Extranjera, comenzaría a ceder apenas concentrar la mirada en esos otros ojos que la estudiaban en silencio, y que, aun bajo el velo negro, se insinuaban muy vivos, poderosos e inteligentes; ojos que encendían chispas bajo la noche de las gasas y del cabello crespo y poco dócil de la mariscala. Recordó ante quien se hallaba, el poder que esa mujer ejercía sobre todo el mundo, incluso sobre la reina y, en particular, sobre su amante, y pronto, aquella primera efusión de superioridad cedió definitivamente ante una comedida modestia. El lujo, por lo demás, el lujo soberbio y manifiesto en todas las cosas, irradiando su magnífico influjo a través de todas las cosas, continuaba ejerciendo su efecto aplastante.

Por fin:

—Agradezco que haya aceptado la invitación —rompió la mariscala sin mayor preámbulo—. Hace ya tiempo que deseaba conocerla.

No fue sino hasta entonces que la Extranjera comprendió lo incómodo de su situación, cuán fuera de lugar resultaba su presencia allí. Cegada por la curiosidad, ensoberbecida ante el desafío, apremiada también por el temor de que verdaderamente Concini pudiese estar en grave riesgo, había acudido a la cita propuesta por su rival sin reflexionar demasiado, casi movida por el instinto, y ahora, en presencia de aquella dama, poquito a poco comenzaba a estimar su situación desde otro ángulo. Esa señora era la legítima esposa de Concini, en tanto ella… ¿qué venía a ser? Se sintió desubicada, confusa e indefensa. No obstante, alcanzó a responder:

—Creo que la gravedad de lo que su misiva insinuaba no hubiera permitido ninguna dilación de mi parte. Por ello estoy aquí.

—Sí, y como llevo dicho, se lo agradezco. Pero, por favor, tome asiento.

La Galigai no dejaba de examinarla de pies a cabeza; la examinaba con una mirada que, curiosamente, no disimulaba la aprobación. Como fea que era, no podía mantenerse indiferente a la belleza de una mujer, y esa mujer era en verdad lo más bello que ella había visto jamás. Lo más bello decididamente. Y esto, lejos de molestarla, la satisfacía en lo más íntimo. Leonora quería, siempre había querido, lo mejor para su *Concinetto* (como ella lo llamaba). Y verdaderamente, al menos en un plano estético, estaba ante lo mejor sin lugar a dudas. Leonora se sentía gozosa al sospechar el placer que esa hermosa hembra debería proporcionar a su marido; la satisfacción y deleite que habría de producir a sus apetitos venales. Y no podía evitar esbozar una leve sonrisita al imaginar esto. Encarnada momentáneamente bajo la piel de Concini, Leonora saboreaba a esa mujer con la avidez de un hombre.

Luego de este voluptuoso regodeo sutil.

—Me habían hablado de su belleza —prorrumpió, sin haber perdido todavía el gesto de fascinación que se insinuaba tras el velo—, pero verdaderamente, aún cuando efusivos, siento ahora que todos los elogios fueron mezquinos… Mi informante, Montalto, no sabe nada de mujeres. Usted es de una belleza incomparable.

¿La estaba adulando? Algo ruborizada por los cumplidos, en la

Extranjera se agudizaba cada vez más el sentimiento de confusión. Una ofensa la hubiera desconcertado menos que un piropo. Era aquello en verdad lo que esperaba. Por el contrario, lejos de mostrarle las zarpas, su rival la acariciaba con halagos. La pantera se había metamorfoseado en gatito, y la confusión en la Extranjera era extrema. Buscó rehacerse rápidamente, y esa misma prisa la llevó a tornarse un tanto brusca:

—Agradezco sus palabras, señora; en verdad es usted muy generosa... No obstante, en su misiva, hablaba de un gran peligro…, un peligro que amenaza a cierto caballero de nuestro mutuo interés. Disculpe…, disculpe si falto a las formas o los preámbulos, reconozco que no sé comportarme en presencia de una gran dama ni afrontar con altura una situación como la presente, pero entenderá que, desde que leí su recado hace unas horas, estoy hecha un nudo de nervios…

Los ojos de Leonora eran extraños. A veces tenían la suavidad de la seda; otras, la filosa dureza de dos negros diamantes. Esta vez, sin embargo, los ojos de Leonora querían ser de seda.

—La gratitud sólo puede pagarse con una mayor confianza —dijo muy calma—. No se preocupe por las formas, no se halla ante ninguna regia dama. Mi madre fue una lavandera y mi padre un sepulturero. Todo lo demás es impostado. No, no se ande con remilgos conmigo. En cuanto a su preocupación… —los ojos de Leonora se hacen cada vez más sedosos—. Me complace su interés… Dígame, y sea sincera conmigo, ¿ama usted a mi marido?

Ahora sí que la confusión en la Extranjera fue total. Creyó ser directa en su manera de abordar el asunto, temió incluso serlo en exceso, y resultaba que su indiscreción era devuelta con creces por aquella dama que no parecía detenerse en rodeos o evasivas, y que hablaba sin artificios. Fue un momento de sumo desconcierto del cual intentó salir como mejor pudo, y apenas atinó a decir, ruborizada:

—Aunque así fuera…, no se lo diría.

La mariscala no se inquietó por la respuesta. Tampoco la tomó como una ofensa. Por el contrario, parecía empecinada en interpretar como bueno todo lo que proviniera de esa mujer. Su juego (si es que lo tenía en verdad) era sencillo; se trataba del mismo juego que había practicado toda su vida: adueñarse de la voluntad del otro mientras se genera en éste la equívoca ilusión de que es el verdadero dominador.

—Entiendo sus reservas. Entiendo la situación embarazosa en que la coloca esa pregunta proviniendo de mí. No obstante, preciso oír una clara respuesta de sus labios… Si cree que me mueve el despecho de la mujer burlada, está en un error. Sepa que no la he citado para hacerle pasar un mal momento cargándola de reproche alguno. ¿Por qué lo haría? ¿Podría reprocharle que respire usted? ¿No es ello inevitable y natural? ¿Por qué, pues, le reprocharía amar a mi marido, siendo para mí esto tan natural e inevitable como respirar? No, si no lo amase, entonces sí que no la comprendería… Ello para mí sería tan incomprensible como que pudiera pasarse usted sin aire y seguir viviendo. Créame, no me mueve el rencor, por el contrario. Mi misiva ha sido sincera. Preciso de usted, de su ayuda, de su amistad si es que no me estima indigna de ella.

¿Se estaba burlando? La Extranjera no terminaba de salir nunca de su sorpresa ni de su confusión. Ella, una mujer cuya fama de ramera no escapaba a ningún habitante de París, ¿estimar indigna la amistad de la consejera de la reina? ¿La tomaba por una tonta, acaso? Fue como adivinando todas estas zozobras interiores en la mente de su interlocutora, y con el deseo de disiparlas antes de que cobraran forma definitiva, que la Galigai se apresuró a continuar:

—Quiero su amistad, no lo dude. Necesito de su amistad. Y me sentiría verdaderamente honrada de poder llamarla «amiga». ¿El motivo? Usted es importante para mi marido. ¿Qué mayor motivo que ese? Temo que acaso ejerza usted un poder sobre él que yo no tengo. Un poder nuevo, distinto al cual ejerciera yo alguna vez… Y hoy necesito valerme de todo el imperio que pueda reunir sobre su voluntad para disuadirlo del camino que se ha trazado y que lo llevará más temprano que tarde al abismo. ¿Puede usted ayudarme a salvar a mi marido?

«¡Poder!» Cuán fácilmente se confundía esta palabra con el

«amor» en labios de la mariscala. De hecho, ambas palabras parecían tan semejantes en su discurso, que pasaban por la misma palabra. ¡Poder! Verdaderamente, no creía la Extranjera tener ningún poder sobre Concini. Por el contrario, sus sentimientos hacía él eran tan fuertes y violentos que no hacían sino demostrarle a ella su propia fragilidad e incontinencia. ¡Poder! No, esa dama la estaba sobre-valorando seguramente, o pretendía divertirse a su costa: Concini era ingobernable para ella y para cualquiera. Pero el peligro…, ese peligro… Esta inquietud la apremiaba:

—¿Podría ser más precisa en lo que concierne a las amenazas que menciona sólo vagamente?

Leonora se solidifica en su mirada velada por las gasas. Los ojos están fijos y clavados en la Extranjera. Esos ojos que han querido parecer seda esa noche, sí, pero que no pueden evitar ser traicio-nados de a momentos por el filo del diamante.

—Conoce usted a mi marido. Seguramente conoce su arro-gancia, su atolondramiento, su temeridad, su suficiencia… Se ha formado una gran idea de sí mismo, cree que el mundo cederá siempre a su voluntad, que sólo necesita demandar para obtener. Todas estas son cualidades que nunca se perdonan en el mundo, todo lo más se toleran. Pero esto último siempre y cuando vayan sustentadas por un trono. No es éste el caso. Montalto, mi conse-jero privado del cual ya le hice mención, ha entrevisto una conjura desarrollándose en estos mismos momentos en torno a mi espo-so. Una conjura temible, de la cual participan hombres poderosos; hombres influyentes a los que nada arredra, ni siquiera el asesinato. La vida de mi marido corre grave riesgo, y hay sólo una manera de evitar la catástrofe. Él debe abandonar Francia cuanto antes, y con ella, todas sus ambiciones de poder. Créame que he trata-do de convencerlo de esto mismo una y otra vez, sin obtener otra recompensa que atraerme su antipatía. No ignorará que vivimos distanciados desde hace algún tiempo. Ha sido mi mucha insis-tencia en este punto la que ha terminado por precipitar nuestra se-paración. Él no está dispuesto a abandonar sus esperanzas por mí, ni tan siquiera por sí mismo —los ojos de la Galigai se agigantan bajo el velo antes de añadir—. Pero por usted... ¡Ay! ¡Esta es mi ilusión! ¿Podría él hacer por usted lo que no está dispuesto hacer por nadie, tan siquiera por sí mismo? No se apresure a contestarme. Hace tiempo que sé de vuestras relaciones. Sé incluso más de lo que usted imagina o sospecha. De los medios de que me he valido para obtener esta información no le hablaré, pues no vienen al caso. Pero conozco a mi marido, sé lo que ha visto un día en mí, sé lo que ha visto en la reina, sé lo que ha visto siempre en toda mujer. A él lo mueve la ambición o el mero disfrute pasajero. De mí se ha servido para lo primero, y no se lo reprocho. Nunca me engañó al respecto y yo tampoco me hice otras ilusiones. ¡Míreme! ¿Soy yo acaso una mujer hecha para enloquecer a un hombre con sus atributos físicos? No, nunca me mentí a mí misma en esto. Soy lo que soy y toda mi fortuna en la vida ha estado sustentada en conocer perfectamente cuáles eran mis atributos y cuáles mis limitaciones. Pero usted..., usted no encaja en esta casuística. Usted no puede proporcionar a mi marido más poder o influencia del que ya posee; más bien por el contrario. Vuestras relaciones sólo han atizado el fuego de la calumnia, no han hecho sino perjudicarlo. Por otra parte, si lo moviera el disfrute del placer, y reconozco que usted puede darle de esto sobradamente, hace tiempo ya que se la hubiera quitado de encima sin mediar explicación. No hay llama más efímera que la que enciende el deseo carnal, se requiere siempre de otra carne para renovarla, tanto más para un hombre que ha pasado su vida al calor de esas efímeras hogueras. Y tal es el caso de mi marido. No, lo suyo es nuevo y es distinto. Lo suyo es único en verdad. ¿De qué se trata? Lo ignoro. Por lo demás, ¿qué importa? Dudo mucho que usted misma lo sepa. Acaso ignore usted por completo el ascendente que tiene hoy sobre mi esposo. Lo que cuenta es que ese ascendente existe, que es poderoso y que hoy puede salvarle la vida... ¿Entiende por qué preciso de su amistad? ¿Entiende por qué, lejos de odiarla o de querer hacerle algún daño, más cerca estoy de quererla, de desear ayudarla? Usted puede salvar hoy aquello que es más preciado para mí. Lo único que yo he amado en esta vida; lo único que ha sido bueno para mí en este mundo. Por ello tiene, *debe* usted ser hoy mi aliada, mi amiga, porque ambas queremos lo mismo. Ambas queremos salvar al hombre que amamos… Pues sí…, usted lo ama, de lo contrario no se hubiera expuesto de tal manera viniendo a verme —y con sonrisa cáustica, agregó—: ¿O me equivoco?

Demasiadas palabras, demasiadas revelaciones, demasiadas emociones… El corazón de la Extranjera palpitaba con brío inusitado en su pecho… Estaba anonadada, confundida y visiblemente excitada. No podía disimularlo. Le faltaba la presencia de ánimo indispensable siquiera para intentarlo… No, esa mujer no se equivocaba… Amaba a Concini con todo su ser, y la posibilidad latente de que él pudiese sentir algo semejante, nunca sospechada por ella, la había conmovido hasta las fibras más íntimas. Saboreó esta posibilidad en sus adentros como si se tratase de una dulce golosina, hasta que recordó el peligro que amenazaba, no ya a un hombre, sino a su amor, y acaso, al amor retribuido. Y esto la estremeció.

—¿Qué tengo qué hacer?

La batalla para la Galigai estaba ganada, y no precisaba más para saberlo. Tratándose de alguien como ella, para quien no escapaba ni el menor temblor en los semblantes de las personas, para quien el más leve indicio era ya una sospecha cuyo alcance rara vez malinterpretaba, esto era más que suficiente. Tomó entonces las manos de la Extranjera entre las suyas. Parecía haberse adueñado por completo de la voluntad de esa mujer que se dejaba hacer ya sin resistencias, como si estuviese rendida ante un carácter de signo superior. Acaso así fuera.

—Amiga, —le dijo afectuosa—, ¿me permite llamarla de ahora en delante de esta manera? Pues nosotras tenemos que ser grandes amigas. Debemos serlo por fuerza desde el momento que ambas queremos lo mismo, que nos une la misma pasión: salvar a nuestro hombre. Haga, pues, que ese hombre comprenda lo que usted significa para él; haga que se reconozca capaz de abandonarlo todo y de seguirla hasta el fin del mundo. Y luego, lléveselo al fin del mundo consigo. ¿Cómo logrará esto? Usted es mujer, y usted ama. Sabrá encontrar el medio. No hay consejos que yo pueda darle al respecto porque mi amor por él no es el mismo que el suyo, ni está sustentado sobre los mismos fundamentos. No hay amores idénticos. Existen tantas formas de amar como individuos hay en esta tierra. No se ama como se quiere, sino como se puede. Y sólo podemos lo que somos, ni más ni menos. Es en su amor, pues, donde hallará la respuesta a la pregunta suya. Búsquela allí, en su corazón, muéstrese a la altura de lo que realmente es capaz y no pierda tiempo dudando. Hágalo por mí, hágalo por usted, pero sobre todo, hágalo por *él*.

XVI

Cuando la Extranjera abandonó aquella noche el hotel de la calle Tournon, luego de haber puesto en manos de la Galigai su corazón, su confianza y acaso su alma, ya no era la misma, ni nada a su alrededor se mostraba igual. Fue una noche única aquella que la recibió apenas salir del palacio, una noche inigualable cuya luna sin par arrojaba sobre todas las cosas luces nuevas y extraordinarias. El coche comenzó a hacer girar sus ruedas, y a la Extranjera le pareció que rodaban sobre calles distintas. Todo a su alrededor se le ofreció desconocido y hermoseado; todo estaba imbuido de encanto, y hacia donde fuere que llevase la vista, recibía como respuesta guiños poéticos y fascinantes. Sí, el mundo entero había cambiado bajo el nuevo sentimiento que la embargaba. El sentimiento de sentirse correspondida en su amor.

Una prostituta no es igual a otras mujeres; y nunca es esto tan manifiesto como cuando ama. Desde el momento que acepta o se ve obligada al comercio de su cuerpo, se rompen ciertos vínculos irreparables con su pasado, se quiebra para siempre el marco perfecto de la vida soñada y el pasaje a ese mundo imperfecto es decididamente brutal. Muchas cosas se pierden definitivamente en esta transacción, y no hay retorno a ellas; pero como ocurre con toda transacción, por muy desventajosa que fuere, algo también se gana. En este caso, se gana en sinceridad sentimental. En efecto, cuando esa mujer ame en adelante (y ello no ocurrirá a menudo sino muy rara vez), no estará jugando al amor, pues ese sentimiento se considerará demasiado preciado como para arriesgarlo en el juego. Ese amor será para esta mujer como la piedra que, por extraña, por bonita, porque brilla de modo inusitado, recoge el pobre del lodo. Hay algo en esa piedra que redime, que equivale a un tesoro, un único tesoro –y ni todas las riquezas del mundo valen lo que un único tesoro—. Eso será el amor para una prostituta. Eso era el amor para la Extranjera: una única riqueza que valía más que cualquier otra riqueza.

Y mientras el coche rodaba por sobre los sucios empedrados como si se tratasen de los filamentos de una gran alfombra mágica, por efecto de contraste con el sentimiento que la embargaba venían a su mente recuerdos del pasado, de un pasado triste, de un pasado lodoso y obsceno. Recordó su humilde infancia transcurrida en Moscú. Sus primeros años de hambre y miseria. La inocencia perdida en los callejones oscuros siendo todavía una niña. Los primeros esponsales con el vicio y la degradación. Las primeras emociones fuertes, los ultrajes, los abusos, los engaños, la humillación; la humillación siempre renovada como una caída en un pozo sin fondo. Habían sido noches interminables de maratones amatorios que sólo dejaban sensaciones confusas, infames y horribles por la mañana, el pasar de un apetito a otro como un simple trozo de carne, y ello a través de miles de sudores repugnantes, de miles de alientos diversos y fétidos, de miles de insultos, violencias, maltratos, vejaciones y caprichos inimaginables. El ser abusada por uno, por dos, por tres, por tantos hombres a la vez que ya no se recuerda el número al término de la jornada, y todo para volver a comenzar hasta que duelen las carnes, sangran las fibras, se endurecen los músculos, se quiebran los nervios y el alma se fragmenta en mil pedazos. Y la vida amasándose siempre entre todas estas sensaciones espantosas y denigrantes, la vida como un amasijo de porquerías inmundas, como algo infamante de lo que se quisiera emerger, como una pesadilla de la que se quisiera despertar pero de la cual no se despierta nunca, pues allí hay otros apetitos, otras sedes, otras voluptuosidades, otros hombres ansiosos por cebarse en esta puta sin alma. ¿Acaso no ha sido hecha para esto, para proporcionar goce, para atenuar las fiebres de la carne?, ¿acaso su cuerpo y su juventud no son una invitación y una excusa de suyo? Sí, ser pobre, joven y hermosa puede resultar una verdadera tragedia en las calles; pero también puede resultar el origen de una resurrección, de una nueva vida, de cierta extraña fortuna.

Un día, la Extranjera atrae la atención de un aristócrata polaco y todo cambia en adelante para ella. El hombre la lleva consigo a París en calidad de amante, y si bien se trata de un verdadero rufián que sabe hacer buen negocio de ella, las vicisitudes que se había visto obligada a atravesar en su condición de prostituta callejera, quedan lejos, muy lejos. Ya no dormirá a la intemperie, en el banco helado de una plaza, ni abrirá sus piernas por un plato de comida. El hombre mayor, de finos modales, hombre de mundo, significará para la joven la primera caricia de la vida; una caricia áspera, es cierto, pero caricia al fin. A su lado conocerá las primeras dulzuras de existir: los teatros, los bailes, los restaurantes lujosos, las luces nocturnas de la ciudad que encandilan y ponen ardor en las mejillas. Él era el dueño del garito parisiense en el cual trabajaría ella en adelante como reina de las putas, dedicada a satisfacer a caballeros ricos, a señores importantes y distinguidos, hasta que a la muerte de este protector, hombre ya muy mayor, comenzaría ella a administrar el lugar, y esto por legación de su difunto amante quien no la olvidó en los últimos momentos. Allí comenzaría a pergeñarse su retiro del mundo. Confió la administración a sirvientes que no la robaran demasiado, y se guardó a sí misma como una crisálida luego de una existencia asquerosa de gusano, de animal reptante. Mientras, en el submundo que ella administraba casi como un fantasma a través de sus criados, su nombre se iba transformando en leyenda. Pues aunque continuaba mostrándose cada tanto, ya no lo hacía en calidad de mercadería, sino para entretener con su presencia y conversación a las visitas ilustres, para satisfacer la curiosidad que su creciente fama de mujer fatal despertaba, para encender las miradas con la belleza de sus formas apenas sugeridas tras las gasas; pero siempre en carácter social, y siempre enmascarada.

Muchas eran las personalidades de renombre que se daban cita allí por las noches; muchos eran los hombres distinguidos que visitaban el garito de la calle de Berry con el exclusivísimo anhelo de conocer y ser objeto de alguna de las atenciones de la Extranjera. Con tal de poder jactarse al día siguiente de haber recibido una mirada suya, una palabra de su inteligente conversación, acaso uno de los hábiles coqueteos y manejos de esa mujer enmascarada cuya compañía, siempre encantadora y fascinante, era una tentación para todo parisiense, se estaba dispuesto a soportar cualquier escándalo y reproche, y más aún. Por el sólo hecho de alimentar esperanzas hasta el límite de lo posible, no eran pocos los que colmaban a esa beldad de obsequios, aun a sabiendas de que ello no permitiría al galante de turno avanzar más allá del escote de esta mujer como no fuere con la imaginación.

Así la conoció Concini, en una de sus noches de juerga, y de inmediato atrajo ella la atención del infatigable libertino. No podía ser de otro modo. Quiso él de inmediato conquistarla valiéndose de todos los recursos a su alcance, y estos eran sobrados. No obstante, a todas las insinuaciones, regalos y cortesías del mariscal, respondía ella con largas y evasivas, sin hacer ninguna distinción. Nada más propicio para inflamar a un hombre que se creía con derecho a todo y que no estaba acostumbrado a privarse de nada, tanto menos en el terreno amoroso. Las negativas de la Extranjera hicieron en Concini lo que seguramente no habrían hecho las concesiones. Llegó a obsesionarse a tal extremo, que una noche, enfebrecido por el deseo y la bebida, harto de tanta negativa y juego absurdo, encaró las escaleras con el firme propósito metido entre ceja y ceja de tomarla por la fuerza de ser ello necesario. Así avanzó hacia las instalaciones privadas de la Extranjera, apartando a los criados con miradas y gestos intimidantes y desalentadores. Nadie se le opuso, por lo demás; conocían el poder y de lo que era capaz el hombre. Finalmente, cuando estuvo a dos pasos de la entrada de la recámara, presintiendo ya seguramente las deseadas formas del otro lado del tabique, inmerso en el perfume de esa mujer que sensualmente se insinuaba en la atmósfera, relamiéndose por anticipado en el sabor de la codiciada presa, abrió de un fuerte golpe de par en par las puertas de la habitación, con un impulso violento y definitivo. Nadie supo bien lo que pasó en aquella recámara esa noche, cuál fue la primera reacción de la Extranjera, qué palabras se dijeron si es que alguna palabra se dijeron en verdad; pero lo cierto es que a partir de entonces, Concino y la Extranjera, la Extranjera y Concino, fueron apasionados amantes. Y si hasta allí el hombre había suscitado envidias por gozar del favor de la reina, no se lo envidió menos por gozar del favor de la Extranjera.

Todo esto evocaba la mujer mientras las ruedas del coche giraban sobre calles empedradas en la noche de París. Y lo hacía con un sentimiento rayano en el éxtasis y en el delirio. Aquel hombre la amaba, se lo había dicho no sólo una bruja; más importante, se lo había dicho una mujer —y esa mujer era su rival—. ¡Qué mayor prueba necesitaba! Sintió que una nota de alegría y felicidad sonaba en su pecho al pensar en esto mismo. Una nota desconocida hasta entonces, que la sacudió como si la vida misma, una vida nueva, la vida plena, hubiese irrumpido de pronto por vez primera en su corazón. Pero de inmediato, atontada todavía por estas mismas emociones, una nota fúnebre se dejó oír también. Una nota que la sobrecogió de espanto y temor. El hombre que la amaba… ¡corría peligro de muerte! Fue con el corazón partido entre ambos sones discordantes que entró a su recámara aquella noche de revelaciones profundas, y que, para su sorpresa, distinguió el perfil de Concino, medio adormecido sobre una butaca, aguardándola al calor del hogar. Entonces no pudo contenerse. Corrió hacia él como en un transporte, dando pasos en el aire, sublimada por el sentimiento; corrió hasta dejarse caer sobre las rodillas de su amante a quien comenzó a llenar de apasionados besos; los más apasionados besos que alguna vez diera. Por primera vez no se preguntaba por qué amaba a ese hombre. Lo amaba, y esto le bastaba. Lo amaba, sí, y esto era lo único importante para ella: esto lo era todo.

XVII

La neblina colgaba pegajosamente en el aire del amanecer formando un cielo nebuloso y líquido suspendido sobre el vello de la foresta. A través de los jirones de esa sábana vaporosa apenas se adivinaba el bosque; eran formas inciertas de arbustos y árboles los que emergían de la nada, semejantes a espectros descarnados, sacudidos en la tenue brisa de su largo sueño de noche y de tierra. Sí, en esas horas alboradas, el Bois de Boulogne parecía abrir las criptas soterrañas y liberar a los muertos en el frío, húmedo y blanco silencio del amanecer.

Dos jóvenes aristócratas caminaban al borde de un sendero, arrastraban a sus cabalgaduras agotadas tras el mucho ejercicio, cuando de pronto, desde alguna parte, comenzó a llegar el retumbar de unos cascos batiendo a todo galope la foresta. Era una pareja de jinetes que se acercaba rauda y estrepitosamente, desafiando el silencio y la muerte aparente en ese bosque de espectros, con un estallido de vida y entusiasmo que espantaba la bruma y la quietud. Los dos jóvenes los vieron llegar admirados, y tal era la velocidad con que aquellos jinetes avanzaban, que antes de darse cuenta los veían ya pasar frente a ellos con idéntica admiración. Debieron incluso sostener fuertemente las bridas de sus propias cabalgaduras para que éstas no salieran disparadas tras la pareja de demonios, contagiadas de su misma locura. Todavía permanecerían un buen rato contemplándolos alejarse, clavados en el lugar, siguiendo en silencio esas dos siluetas fantásticas que, como exhalaciones huracanadas, pronto desaparecerían en la bruma tan mágicamente como antes habían emergido.

Al cabo, tras un largo rato de mudez, uno de los jóvenes rompió el embeleso:

—¿Sabes quién era uno de esos jinetes? —inquirió a su compañero—. El mariscal de Ancre, Concino Concini, el favorito de la reina. Lo sé porque una noche, durante un baile en palacio, fui presentado a él. Si supieras los aires que se da…

—¿Y quién era la amazona que cabalgaba a su lado vistiendo ropas de hombre? —preguntó el otro a su vez—. Jamás he visto belleza igual.

—Pues la enana que el mariscal de Ancre tiene por esposa, de seguro no era. A esa también fui presentado aquella noche… ¡Qué criatura más siniestra y horrible!

—¡Qué va! Si esa bruja de la Galigai no monta sobre caballos, sino sobre escobas, y en noches de aquelarre, barriendo estrellas.

—Pues ha de ser bruja seguramente la condenada para haberse adueñado a tal extremo de la voluntad de la reina, y hacer la fortuna de ese presumido de Concini.

—Pero cómo llegó la enana a la corte de Francia es lo que no termino de explicarme…

—Hasta donde sé, vino con el equipaje de María de Médici; dicen que ambas se criaron juntas allá en Florencia. La Galigai vendría a ser algo así como su hermana de leche. Parece que era una niña triste y de salud precaria esta María, y que le pusieron a la enana cerca para entretenerla cual una suerte de bufón o de juguete. ¡Quién iba a sospechar que el juguete estaba maldito, y que el bufón acabaría por apoderarse de la mente y del alma de la niña que estaba llamada un día a ser reina de los franceses!

—Mala hora aquella en que el bueno de Enrique IV fijó los ojos en la gorda banquera. Pareciera estar escrito que las Médici han nacido para traer sólo desgracias a Francia.

—Descuida, amigo, ya caerán los tres bajo el peso de sus muchos pecados. Y Concini el primero. Ese vicioso fanfarrón se ha hecho odioso hasta para su misma sombra. Tengo mis fuentes en palacio y sé de lo que hablo. La caída del siniestro trío de italianos es ya inminente.

Pero hay visiones de belleza fantástica que dejan en la piel como una llaga encendida.

—Lo que yo ahora quisiera saber, sin embargo, es quién era la maravillosa amazona que acompañaba a Concini… Me tiene intrigado… Verla ha sido como desfallecer y renacer a un mismo tiempo.

XVIII

Los dos jinetes que cabalgaban como demonios se detuvieron finalmente a la vera de un lago. Allí se apearon de sus respectivas monturas, y, luego de atarlas al tronco de un árbol, se echaron en el césped, muy juntos, sobre unas mantas. Ambos estaban sudorosos, excitados, con las mejillas encarnadas, tras la mucha carrera y febril agitación. Se sentían incapaces de hablar, y eso aumentaba el ardor en las miradas de ambos que se rebuscaban una y otra vez. No eran poco habituales estas cabalgatas al alba. Tanto Concini como la Extranjera eran buenos jinetes y disfrutaban a lo vivo de perderse en las soledades del bosque, a resguardo de las miradas. Pues pasearse y mostrase al mundo sin temer nada del mundo, era acaso su mayor felicidad.

En un momento dado, ella reclinó con suavidad su cabeza sobre las piernas del caballero, se soltó el cabello sensualmente y entonces la maravillosa melena de oro rojizo se derramó como una cascada sanguinolenta a través de las piernas, las mantas y el lecho de hierbas. Estaba radiante en su prodigioso abandono y agitación. Respiraba con dificultad, el pecho palpitaba cautivador bajo la camisa; los labios, encendidos y turgentes, como una fermentación de la sangre, invitaban a probarlos, a morderlos, y la mirada salvaje, fogosa, provocativa, la hacían más propicia que nunca para despertar el deseo súbito e incontenible, aquel que fustiga los sentidos y se siente como una herida fogosa en la carne. Luego de permanecer así unos momentos, contemplándose ambos amantes entre jadeos pausados bajo el canturreo de las aguas, ella le instó, con una nota de desfallecimiento:

—Hazme el amor aquí, querido. Hazme el amor bajo la copa de este mismo árbol. Y luego…, luego hazme el amor bajo la copa de todos los demás. Quiero sentirte en cada rincón de este bosque, en cada rincón de este mundo, para que todo en adelante me recuerde que alguna vez fui yo amada por ti.

El sonrió con falsa malicia.

—Será una larga tarea…

—Entonces…, no esperemos más; comencemos ahora mismo.

—¿No temes que nos sorprendan?

—¡Oh!, es cierto... Pues, en tal caso, confío en que sabrás dar muerte al inoportuno…, confío en que sabrás salvar *mi honor*.

Una risita acompañó la ocurrencia. Le gustaba a la Extranjera burlarse de sí misma.

Pero él:

—No hará falta, querida —respondió inclinándose sobre la mujer—. Antes lo matará la envidia. Y no dudes de que así será.

El bosque en calma. La bruma disipándose en la brisa perezosa de la mañana. El oro adueñándose del cielo y de la tierra. Y las dos siluetas desplegándose, estrechándose la una contra la otra, fundiéndose en una cadencia rítmica y en los rumores de una pasión emergente. Se frotan, se indagan con las manos, se despojan de las ropas… Los cuerpos se aplastan fuertemente, y en la atmósfera silenciosa del bosque los jadeos se multiplican en gemidos ahogados y en vibrantes frenesíes. Ora se acarician, ora se besan, ya se mordisquean, se abandonan, se rencuentran… y se aprietan una vez más… Enloquecen por grados…, y enloquecen más todavía…, hasta que en un momento dado el bosque mismo parece suspirar, gemir, hacerse eco de esos espasmos suyos a través del barullo de los pájaros, del estremecimiento de las hojas, del siseo de la brisa, del arrullo de las aguas que parecen despertar contagiados del mismo ardor. El bosque, sí, como una gran caja de resonancia de las cuerdas íntimas que tañen hábilmente las manos ávidas, osadas, inquietas, perseverantes… El bosque cómplice de los amores que oculta y cobija, de los amores que se le revelan en el secreto de sus soledades y de los que se hace partícipe… Y la furia fogosa, y el delirio desatado, y el sobresalto febril y el grito triunfal y el desfallecimiento paroxístico y prolongado en una nota vibrante que se extiende y se resiste a morir, como un alma que retrasa tanto como puede el instante de la partida… Y luego… la paz restituida al bosque y el silencio último de la ceniza. Todo vuelve recobrar su paz primordial y todo comienza ya a olvidar… Y lo que fue *uno* por un instante, retorna a ser *dos*… una vez más.

Momentos después, mientras el caballero ayuda a la mujer a vestirse y ella recoge con pericia su cabello, él le dice:

—Debiéramos grabar una señal en la corteza de este árbol… Si te has propuesto que nos revolquemos en cada rincón del mundo, hay que comenzar a dejar testimonio o nos repetiremos tontamente.

Ella estaba radiante, llevaba todavía en la mirada, en las mejillas, en los labios, insolente, el regusto del goce recién saboreado.

—¿Y cuándo se nos acabe el mundo?

—Tendremos que buscarnos otro.

¿Era el momento de hablarle seriamente? Ella se armó de coraje. Su amor la hacía valiente:

—Y por qué no hacerlo ahora, querido, en este preciso instante… Por qué no irnos muy lejos…

Concini no entendió más allá del sentido literal de las palabras…, o no quiso entender.

—¿Quedándonos todavía tantos árboles vírgenes por estrenar en este bosque?

Desde su visita a la Galigai, la cabeza de la Extranjera era un hervidero de emociones encontradas. Por un lado se sentía en el culmen de la felicidad; pero sentía también que era esta una felicidad amenazada. Estaba dividida de continuo, sí, entre el sentimiento de un inmenso amor y el temor de un peligro inminente, agazapado sobre cada momento de dicha, mientras los segundos, los minutos, las horas, corrían… ¿Cómo detener el tiempo? ¿Cómo evitar un peligro cuyo rostro permanecía velado para ella, cuya esencia ignoraba y que no se atrevía a desenmascarar por temor a perder la dicha en el instante de la revelación? Además…, además se sentía sola e impotente ante este impensado peligro. Pues, ¿qué podría ella, llegado el caso, ante la ambición de este hombre?, ¿cómo rivalizar con su mayor pasión, con su delirante sed de poder? No; barruntaba que si se interponía entre él y su avidez ascensional terminaría haciéndose odiosa a sus ojos, como le había ocurrido a la propia Galigai, que él la apartaría entonces de su lado, aun cuando fuere a su pesar.

Concino no se detendría en su camino, ni por ella ni por nadie; si quería salvarlo, debía hacerlo sin interponerse entre él y la meta que se había fijado. Sí, ella debía sólo quitar los obstáculos, barrer las amenazas, hacer fracasar cualquier tentativa funesta. Contaba con medios para ello… Su ejército de prostitutas podía recabar información… En su garito se daban cita hombres importantes, hombres influyentes… No faltaban recursos a sus cortesanas para hacerles soltar la lengua; el ambiente y la situación eran más que propicios; sus muchachas por demás dispuestas. Sí, esta sería la estrategia a desarrollar… Ella lo salvaría develando la trama siniestra antes de que se desenvolviese sobre él para aprisionarlo. Ella se adelantaría a cualquier maquinación, se pondría por delante de los acontecimientos, por delante del mundo mismo si era necesario. Sólo que, ¿restaba tiempo aún para ello? Se prometió en ese mismo instante, en esa misma hora, bajo la copa de ese mismo árbol cuya madera Concini estaba ocupado en grabar con una señal, comenzar la labor de indagación sin dilaciones. Ella misma recurriría a cualquier artimaña con tal de realizar la empresa con éxito. Coquetearía, se tornaría cariñosa, apelaría a todos sus encantos, a todos sus recursos, sembraría esperanzas…

—Sí —le dijo al cabo, reponiéndose de su intervalo de abandono, intentando dominar cualquier signo de inquietud en su semblante, al tiempo que abrazaba y atraía a Concino hacia su cuerpo—, tienes razón. Todavía queda tiempo para nuestro amor; todavía hay espacio para nosotros en este mundo.

XIX

La pequeña figurilla de cera parecía bailotear entre los dedos temblorosos de la mariscala, como una muñequita que, aun petrificada en su rigidez, se veía animaba mediante una voluntad extraña en la inmovilidad del silencio. La habitación estaba sombría, la lobreguez pesaba en el ambiente, incluso la mujer se hallaba enlutada y fría. Sólo las llamas de los cirios, que se multiplicaban en el espejo, parecían vivas; sólo ellas alumbraban; sólo ellas manifestaban algún calor. Desde su encuentro con la Extranjera, Leonora Galigai había permanecido en idéntica postura, sentada frente al espejo, examinándose impiadosamente a sí misma, y si desviaba la mirada de su propio reflejo era sólo para detenerse en la figurilla de cera que sostenía en sus manos trémulas. Sin dormir, sin comer, sin asearse, así permanecía ella. Como si, de pronto, ese espejo lo fuese todo y lo supiese todo, como si bastase sólo indagarlo con la mirada para arribar a todas las respuestas. ¡Penosas respuestas! El espejo hablaba cruelmente a la Galigai, inmisericordemente. Y en tanto más lo contemplaba e indagaba, más evidente era en ella la sensación de que todas sus pasadas seguridades se hundían para naufragar en ese pulimentado lago de transparencias donde flotaba su imagen ridícula y burlona constelada por los fuegos de los cirios. Esa odiosa imagen que no halagaba en nada su vanidad de mujer: «¿Cómo se sentiría el verse hermosa en un espejo?», se preguntaba ahora, acaso por vez primera. Pues nunca le había importado demasiado su fealdad. Nunca la había inquietado el hecho de no gustarse. Pero ahora, inesperadamente, nada le parecía más importante. Ninguna evidencia se le figuraba más abrumadora ni más terrible que encontrase fea y caricaturesca a sí misma. Nada, nada pasaba ya en sus días; pero todo le pesaba en sus noches. Y la vida era una larga noche para Leonora, una larga noche signada por el inflexible agravamiento de su enfermedad. La melancolía era su enfermedad:

esa poesía del demonio, dulce y delicada tonada proveniente del infierno para seducir a las almas perdidas en esta tierra. Leonora contempló una vez más la muñequita de cera que sostenían sus manos, y cuyos rasgos y proporciones evocaban a alguien... Alguien que ahora la obsesionaba...

—Es muy hermosa, ¿no crees Montalto?

Y siempre la sombra a sus espaldas, como una sombra de sí misma, como la noche de su alma.

—Sí, señora.

—Muy hermosa —continuó Leonora—. Demasiado hermosa... Ayer..., tan sólo ayer, estaba yo muy juiciosa... ¿no es así, Montalto?

—Así es, señora.

—Sí, ayer me sobraban las razones... ¡Cómo puede cambiar el ánimo de un día a otro en una mujer! ¿Por qué no puede una ser siempre la misma? La vida sería tan sencilla entonces... Vivir sería un acto tan simple de esa manera... Tan simple, tan sencillo, sí... ¿Por qué..., por qué ha de existir tanta disparidad en una misma naturaleza? ¿Por qué hoy siento tan fervientes deseos de deshacer todo lo emprendido ayer? ¿Por qué este anhelo repentino de contradecir mis propias palabras? ¿Por qué este impulso súbito de pinchar, de hundir agujas muy largas y filosas en esta figurilla de cera y ocasionar mucho dolor, hacer mucho daño a la mujer que representa? ... Sí, ayer tenía yo todas las razones; ¡en cambio hoy tengo todas las locuras!

La voz de Leonora pierde control. Se alza, se quiebra, florece en histeria mientras sus manos se cierran cada vez con mayor fuerza sobre la figurilla de cera.

—Sí —continuó frenética—, ayer..., tan sólo ayer solicitaba yo la amistad de esa mujer, me mostraba amable y comprensiva con ella, y ahora..., ahora sólo quisiera destruirla..., hacerla pedazos... ¡Ay, qué no daría yo en este instante por tener un rostro y una figura hermosa como la suya, qué no daría por poder excitar en mi *Concinetto* el deseo ardiente, la demencia de los sentidos, el arrebato de la pasión! ¿Por qué, por qué no seré yo tan bella como ella, Montalto? ¿Por qué?

Leonora se detuvo con los dientes enclavijados frente al rostro odioso que la contemplaba desde el otro lado del espejo. Los ojos lóbregos parecieron encenderse como brasas calentadas al fuego…, ese fuego que bullía en su propia mente, en su propio infierno.

—¿Quiere la señora que le traiga su medicina? —intercedió Montalto.

Aturdida, temblorosa, Leonora balbuceó:

—¿Mi medicina…? Sí, claro…, mi medicina…

La mujer se incorporó con lentitud… Llevaba varias horas sentada, inmóvil, frente al espejo, y apenas ponerse de pie, sintió punzadas en sus piernas como si le clavaran esas mismas agujas afiladas que ella deseaba hundir en su rival. Montalto le alcanzó el brebaje hasta el vértice de la ventana, allí donde Leonora se había quedado suspensa otra vez, con la mirada abismada tras los cristales, hundida en la noche sin estrellas. Al pie del edificio, aguardaban los curiosos de siempre… Aquellos mismos que noche tras noche se congregaban a espiar desde la calle los extraños fenómenos que se registraban dentro del palacio. Luego de abrevar la pócima con fruición, cambiando al instante la lividez de sus mejillas por un falso sonrosado.

—¿Qué quieren, Montalto?

—Lo sabe bien la señora.

—Me quieren a mí, sí. Quieren a mi marido. ¡Ellos quieren destruirnos! Y lo conseguirán… Sabes que lo conseguirán…

—Ya os he dicho que la Magia ha hablado y que existe una carta, un modo de desatar el nudo del destino…

—¡La Magia! ¡La Magia, sí! —interrumpió Leonora con acritud—. Pero, ¿dónde está esa magia de la cual tú hablas, Montalto, que yo no la veo? ¿Dónde? ¿Acaso ha servido para aliviar mis dolores, para curarme de mis visiones, para apartar esa chusma de las calles, esa chusma que me atormenta con su constante escrutinio? ¿Dónde está esa magia, Montalto? ¿Dónde están las evidencias de su poder? Cada día estoy más desesperada, más perdida, más sola y más loca… Cada día que pasa, sí, me hundo en un infierno mayor… ¿Dónde está esa magia, Montalto? ¿Dónde? ¿Acaso puede hacerme ella más bella? ¿Acaso puede devolverme esa magia el amor de mi marido? ¿Acaso puede hacerme sentir otra vez una mujer? Pues hoy sólo esto me importa… Sólo esto, Montalto, y nada más…

Entonces reparó Leonora en su propio rostro reflejado en los cristales, su propio rostro que la observaba con ojos desencajados sobre las negras ojeras, un rostro con rasgos alucinados de loca. Era una imagen caricaturesca e inclemente de sí misma, que parecía burlarse de su desesperación y de sus sueños con una sonrisa maliciosa, por la cual asomaban dientes de diablesa. ¡No pudo soportarlo! Histérica, fuera de sí, atravesada por la llama de la locura, acometió con sus puños ese reflejo aborrecido; los cristales de la ventana estallaron estruendosamente y multitud de trozos de vidrio cayeron al suelo, al tiempo que la sangre brotaba y corría por las manos de Leonora. Montalto la apartó de allí presuroso, tomándola entre sus brazos para cargarla hasta el lecho de la recámara. Leonora no opuso resistencia, no dijo nada, pues aun cuando permanecía con los ojos bien abiertos y agigantados, aun cuando sus dientes asomaban entre los labios como si sonriera diabólicamente, ella había perdido el conocimiento.

XX

Desde hace un tiempo que París es cuidad de intrigas y rumores. El Louvre y la ciudad semejan dos universos que se miran, se escudriñan, se espían, y que proyectan, como dos espejos enfrentados, sus movimientos, sus desconfianzas e inquietudes en infinitos reflejos. Sólo que en la ciudad todo se replica agigantado y deforme. Lo que en el Louvre es mero bosquejo o cuchicheo, más allá de sus muros adquiere formas y resonancias monstruosas. Hay más ojos, más oídos, más gargantas para replicar esas imágenes y esas voces. El *todo* allí no es sólo la suma de las partes, sino también la suma de lo que cada una de esas partes ha añadido de su propio cuño. El *todo* es el monumento colosal a la infamia y lo grotesco. Y atrapados entre estos dos espejos de París, espejos falsariamente delatores, están los Concini. Ambos aislados en medio de la tormenta que los amenaza, inermes en apariencia, y no falta sino que alguien arroje la primera piedra para que esos espejos estallen y la frágil fortuna de los Concini se rompa en mil pedazos. Pero sin embargo, aunque aislados, ellos no están solos. Dentro del Louvre cuentan con la reina madre: débil, dubitativa, cada vez más agotada, confundida e irresoluta. Afuera, en las calles, está la Extranjera: una mujer que ama y que a todo está dispuesta por salvar su amor. Ella es la más inspirada, activa y resuelta en esta hora en la que cada segundo cuenta. Ella es hoy la única esperanza de los Concini; la que puede salvarlos de su ceguera ante estos dos espejos enfrentados que se devoran el uno al otro.

Tras un largo abandono del mundo y de sus intrigas, la Extranjera ahora agudiza sus finos sentidos adormidos, teje como una araña y desde el centro de su tela está alerta, acechante, agazapada sobre cada hora, pues sabe que tras cualquier palabra aislada, tras cada gesto equívoco, tras cada hombre, puede hallarse la punta de la trama que pretende envolver y asfixiar a Concini. Su tropa de prostitutas está prevenida, ha recibido las concernientes indicaciones. Nada se debe pasar por alto. Nada se debe dar por casual o inocente hasta no comprobar lo contrario. Todo, todo de ahora en adelante ha de tomarse por dudoso, pues todo puede ser un indicio, la menor palabra puede adquirir, a oídos atentos y avisados, carácter trascendental. Por lo demás, las hembras que forman dicho ejército conocen su oficio, son expertas intrigantes, son aventureras y son fieles a la Extranjera. Una guerra de espionaje se ha desatado en el garito de la calle de Berry. Las mujeres están apostadas. Y cada cliente es ahora un sospechoso… La Extranjera ha prometido mucho oro a quien le traiga noticias. Y la Extranjera, todas lo saben, conoce de generosidad y larguezas para con sus muchachas. Por otra parte, el ambiente es propicio para las indiscreciones; ninguno lo es más. No existe sitio en París más a propósito para hablar impunemente. Las mujeres, el juego y la bebida son grandes estimulantes para perder la discreción, la compostura y hasta la cabeza. Claro que hay que saber tamizar lo que se ve y se escucha… Hay que agudizar los sentidos al máximo. No todo debe darse por vislumbre, aunque nada deba desestimarse por insubstancial.

Una de las rameras, la favorita de la Extranjera, «la Graciosa» la apodan, de una belleza morena y exótica, casi oriental, en determinado momento de la noche intuye una jocosidad demasiado nerviosa y desbordante en un grupo de hombres que permanece apartado del ruido. A través de sus risas ininterrumpidas asoman, con brillo inusual, dientes de roedor. Asoma el crimen allí también. La Graciosa sabe de estas cosas… Conoce cuál es límite de lo ordinario incluso para la locura de los sinsentidos. Se acerca al grupo, sigilosa como una serpiente del desierto, sensual como una odalisca, poniendo en acto y en forma todo su arte de seducción. En uno de los rostros reconoce a un oficial de la guardia personal del rey. Ha tenido al personaje apresado ya alguna vez entre sus firmes piernas. Conoce a la presa y está en su propio terreno. Lo demás, es sólo parte de su oficio… Lo demás, para ella, resulta tan sencillo y natural como el acto de respirar.

—¡Brindemos, caballeros, por el que hoy está y mañana no

estará! —oye decir de pronto a uno de los del grupo—. Sobre todo, ¡brindemos por el que sin estar hoy, estará mañana!

—Paso con lo primero —anota otro—. Suscribo a lo segundo.

—Mañana le cortaremos la cresta a ese gallo infatuado —sentencia un tercero.

—Sí, y esa cresta irá a parar directo al plato de su esposa.

La ocurrencia provoca risas entre los presentes, pues corría en París el murmullo de que la Galigai, por prescripción de sus brujos, se alimentaba exclusivamente de crestas de gallo.

—Llamaremos al plato: «mariscal a la mariscala».

Es suficiente. La Graciosa interviene.

—¡Vaya! ¿Acertijos entre mujeres? Eso no está bien…

Los hombres reparan entonces en ella. No tienen cuidado. Es sólo una puta, y, además, sus sentidos están embotados. Hay temperamentos que a un paso de cruzar el Rubicón se concentran en sí mismos, tratan de permanecer fríos, lúcidos y alertas, evitando distraerse o malgastar energías. Pero hay otros, en cambio, que no cuentan con este dominio de sí propios. La ansiedad los desborda; el nerviosismo los enloquece. No pueden aguardar pacientemente por el resultado visible de aquello que han planeado en secreto. Carecen de la suficiente sangre fría para ello. Es pues, para conjurar este estado febricitante, que recurren a cualquier medio que les permita entontecer sus sentidos y calmar la ansiedad que los desborda. Su peor demonio no es el acto, sino la espera; no es valor lo que les falta, sino aplomo. Los personajes que componían este grupo de subordinados de Vitry, aquella noche, eran de esta última clase de temperamentos. Aun cuando conocían sobradamente que esta francachela podía costarles mucho, acaso ser apartados de sus puestos, consideraban que correr este riesgo era preferible a tener que soportar una noche más de expectante ansiedad.

—Ningún acertijo, lindura —respondió al cabo uno de ellos a la mujer—; tan claro como el día.

Pero la Graciosa tiene la lengua pronta.

—Debo estar ciega entonces, pues hasta donde yo veo todavía es noche.

—Descuida, es esta una noche que se aclarará con la mañana.

La Graciosa llama entonces a una de sus compañeras:

—¡Ey, Jacqueline! Vente aquí, tú que eres buena con las adivinanzas. Ayúdame con éste. Es todo un señor Enigma.

Y la llamada Jacqueline, nada perezosa, abriendo unos ojos muy verdes, muy grandes y turbadores, acude a la voz.

—Y bien, ¿cuál es la adivinanza, señor Misterio?

—Digamos, primor, que mañana concluirá lo que nunca debió haber comenzado…

El hombre recibe un subrepticio codazo por parte de uno de sus compinches. Se están yendo de lengua. La mujer, que pasaba por experta en acertijos, como si nada hubiese visto:

—¿Habláis del mundo?

Se repiten las risas, y la Graciosa vuelve a tomar la palabra.

—Pues basta de parlotear tanto, entonces; que si se ha de perder el mundo por la mañana, mejor será aprovechar la noche.

—Suscribo, gatita —interviene uno de los soldadotes—. Y yo la aprovecharé contigo.

—¡Uy! ¡Qué mente encorsetada! Más imaginación, señor mío. ¿No creéis que si mañana se ha de acabar el mundo, la ocasión merece recreos más osados? Después de todo, sólo se acaba el mundo una vez. En cuanto a mí, si he de morir, quisiera hacerlo agotada. Hay además algunas cosas que me quedan por probar en el lecho… No muchas, por supuesto; creo que con una noche bastará. En fin, ¿qué decís?, ¿por qué no pasar la noche todos juntos en una misma recámara?

—Apoyo la moción.

—Y yo.

—Y todos…

—Pues no perdamos tiempo, entonces —apremia la Graciosa—; no sea cosa que se nos acabe el mundo en mitad de la faena.

XXI

Aquella noche la orgía acabaría por resultar sobrado fructífera. Junto con sus encantos y destrezas para brindar placer, aquellas mujeres habían desplegado también todas sus artimañas para sustraer información. Ninguna cruenta tortura, en manos del más hábil de los verdugos de París, hubiera podido sacar más testimonios de esos hombres que los arrumacos, las caricias y los juegos lascivos de esas mujeres entrenadas en el oficio del amor. Roncos de vino, atiborrados de carne e hipando de disfrute, aquellos toscos soldadotes habían dicho incluso más de lo que se habían confiado entre ellos y acaso a sí mismos, pues esas mujeres hábiles fueron capaces de hacerlos hablar hasta dormidos. Y lo que era todavía mejor, nada recordarían ellos por la mañana de sus muchas indiscreciones nocturnas; el vino se encargaría de ocultar a sus mentes, los pecados y desbordes irreflexivos de sus instintos.

Apenas recibir los informes de sus muchachas, la Extranjera no sabía si sentirse feliz por el éxito de su empresa, o aterrada por la terrible revelación. A Concini no se lo quería sólo hacer caer, apartar del camino y dejar indefenso y disminuido. A Concini se lo quería asesinar sin rodeos. El juego de intrigas que se estaba desarrollando, y del cual ella formaba parte ya, era a muerte, mala muerte violenta y a traición. Y dicha muerte estaba a horas de ser consumada. Sólo faltaba saber el sitio preciso, la maquinaria de la celada, el ángulo de sombra desde el cual se descolgaría la red sobre Concini, pues Vitry no había confiado estos detalles ni a sus propios subordinados. Pero que el golpe lo darían durante el transcurso de esa misma jornada, sobre esto no quedaban dudas. Y por ello los segundos se hacían vitales.

La Extranjera era ya presa del terror; no obstante, el sentimiento no la sumió en la inercia. Ahora bien, ¿iría ella misma a advertirle a su amado? Sintió en principio la tentación de valerse de su disfraz de mancebo, montar su magnífico caballo bayo y correr a todo galope hasta él; pero a poco de meditarlo, temió que en el último momento la traicionasen los nervios, que no supiera hablar con frialdad ni claridad, e, incluso, comprometer a Concini al presentarse en público ante él. Sopesado todo esto fue que la Extranjera se decidió. Hizo venir a su criado y, tras solicitarle pluma y papel, allí mismo, arrebatadamente, se puso a transcribir cuanto habían averiguado sus muchachas, sin detenerse en formalismos. La mañana tardaba en clarear, había llovido por la noche y el cielo estaba oscuro todavía, pero no por ello las horas avanzaban más despacio. Con manos temblorosas, puso el sobre en poder de su sirviente, y dándole unas escuetas, aunque precisas indicaciones, lo despachó con rumbo a la pequeña casita de Concini.

—Deberás advertirle —insistió a Pigard—, que esto debe ser leído sin pérdida de tiempo, que es cosa de vida o muerte. Has de decírselo en estos mismos términos y no te demorarás en nada; saldrás directo al encuentro de Concini, directo hacia mi amor, y no te apartarás de su lado hasta no constatar que la carta haya sido leída y revisada por él… ¿Me entiendes? No te apartarás ni una pulgada del mariscal de Ancre hasta no recibir una respuesta suya. ¡Ve, Pigard, vuela de ser posible! Y no me falles en esto… ¿Me oyes? ¡No me falles!

Blanco de pasmo, con el corazón estremecido, temiendo ya lo peor, salió Pigard de las habitaciones de la Extranjera aquella mañana, sosteniendo en sus manos más que temblorosas una carta cuyo contenido ignoraba tanto como temía. Nunca había visto a su ama en tal estado de inquietud y nerviosismo. ¡Y todo por una simple misiva! Ignoraba Pigard que aquella mañana que tardaba todavía en clarear llevaba consigo algo más que una carta; él cargaba también con el destino de muchos, con el destino de un reino, y, más importante para su ama, con el destino de un amor. De aquí que aquella carta le pesara tanto en las manos.

XXII

Hacia la casita ubicada entre el Louvre y la ribera del Sena, la vivienda y orgullo de Concino Concini, no sólo había volado Pigard con su misiva, sino también la mente de la Extranjera. ¡Cuántos interrogantes e incertidumbres en esa mente enfebrecida! ¿Llegaría su criado a tiempo? No se atrevía siquiera a formularse esta pregunta, y sin embargo, difícilmente podía pensar en otra cosa. Intentaba repasar lentamente las palabras escritas por ella en la carta, pero por mucho que se esforzaba, se confundía, dudaba de lo escrito, apenas si lo recordaba. ¿Habría sido precisa al transcribir sus descubrimientos y manifestar a Concino sus advertencias? Tampoco esto se atrevía a sondear demasiado. Pues aunque nada en concreto podía ya decir en relación a lo que acababa de escribir momentos antes, la atenazaba en lo profundo el pálpito funesto de que todo lo escrito por ella resultara equívoco o insuficiente. Pero, ¿sólo unos momentos habían transcurrido de ello? ¡Ay!, a la Extranjera se le figuraba haber transcurrido ya una eternidad. ¿Cómo soportar este penoso compás de espera que se abría ante ella? ¿De qué reservas mentales valerse? Se creyó, en esa hora terrible, incapaz de una espera semejante, incapaz de aguardar un instante más… Y de estas consideraciones aciagas su fantasía volvía una y otra vez a batir las alas con rumbo a la vivienda de Concini. ¡Cuántas veces no se había presentado ella, en aquella casita, disfrazada de mancebo, para luego, en la intimidad de la alcoba, echarse en brazos de su amante! Recurría a este artilugio para no comprometer a su dueño, a instancias de él, si bien lo más atinado fuera pensar que era a ella, a la Extranjera y no a sí mismo, a quien Concini deseaba preservar valiéndose de esta estratagema. Acaso temiera que se sirvieran de la mujer para propinar el golpe que no podían o no se atrevían a asestar al hombre. Sea como fuere, Concini era afecto a esa suerte de travestismos. Él mismo los había practicado en sus días de comediante, allá en Italia, cuando, sobre las tablas, interpretara el rol femenino de Isabelle: la *donna innamoratta*. A este personaje debía, de hecho, el apodo por el cual todavía era conocido en el submundo del burdel. Todo esto se lo había confiado a la Extranjera el propio Concini en la intimidad de su pequeña morada a orillas del Sena, mientras, muy acaramelados, con las últimas luces del día, ambos se abandonaban a las diferentes evoluciones en el paisaje. No eran extraordinarios dichos raptos. A veces tan sólo bastaban las siluetas de las nubes reflejadas en las aguas verdinegras para propiciarlos; otras era el pesado cabeceo de las barcazas de aprovisionamiento, repletas de porteadores y mercancías, lo que los suscitaba. Pero ningún espectáculo más fascinante en esas tardes que el que prodigaban las ricas galeras de placer: espléndidos navíos cuyos adornos en oro fulguraban como estrellas por sobre el horizonte boscoso. Contemplando estas últimas, Concino le había prometido en cierta oportunidad: «Cuando Francia sea enteramente mía, cuando esté libre por completo de la injerencia de los grandes del reino y ya no tenga que rendir cuentas a nadie por mis actos, nos pasearemos por el Sena en una de esas mismas galeras, tal y como Marco Antonio y Cleopatra se pasearon un día por el viejo Nilo. Una decena de esclavos nubios, que mandaré traer de las tierras del sol para abanicar tus ocios, removerán el aire sobre tu rostro, valiéndose de grandes hojas de palma, y entonces, bajo esa caricia tan fresca, tú me sonreirás, querida, a la vista de todos, para hacer de mí la envidia de los franceses y de cuantos hombres sepan alguna vez de nosotros».

Tales horas estaban entre los recuerdos más bellos de la Extranjera, eran lo más parecido a la dicha que ella había conocido en esta tierra. Y ahora…, ahora toda esa dicha peligraba… Todo estaba amenazado… Un compás de espera terrible se abría en su vida; terrible e interminable… Una penosa agonía que bien podía desembocar en la muerte… En la muerte de Concino: en la muerte de su amor. Intentó una vez más repasar lo escrito por ella momentos antes… ¿O eran siglos los que habían transcurrido desde entonces? Sea como fuere, no pudo recordar con claridad ni una sola palabra… ¡Ay! ¿Cuándo acabaría esta tortura? ¿Cuándo? ¿O es que no acabaría jamás? El tiempo parecía haberse detenido para siempre… Y sin embargo…, el tiempo corría…

XXIII

El plan de los confabulados para quitar del camino a Concini, el «tirano», como le llamaban, era sencillo, aunque no por ello menos osado. El menor error podía acarrear consecuencias tan impredecibles como desastrosas para el «círculo regio». Las alternativas barajadas en la intimidad de los pabellones del rey, y bajo el mayor de los secretos, habían sido considerables, innumerables también las sesiones. Una, no obstante, terminaría por suscitar el acuerdo en todos. La más expeditiva y la que a ojos vistas presentaba las menores complicaciones. Su mentor: el capitán de los guardias de cuerpo, Vitry: hombre resuelto, de ambición probada y con un marcado gusto por las soluciones violentas.

El puente de acceso al Louvre, por el lado de la calle de Austria, le Pont Dormant, era un corredor angosto que contaba, a ambos extremos, con dos puertas enfrentadas: la gran puerta de Bourbon por un lado y la puerta de Philippe-Auguste por el otro. Todas las mañanas el mariscal de Ancre se valía de este acceso para ingresar al Louvre. Lo que proponía Vitry, pues, era que apenas franqueara Concini la entrada al puente, se diera orden de cerrar simultáneamente ambas puertas, de sellar toda escapatoria, de modo que el mariscal de Ancre quedara aprisionado en una suerte de ratonera, y lo mejor, aislado de su gente adicta. Allí, sin pérdida de tiempo, se lo abordaría pistola en mano. Sólo se le daría un aviso para salvar las apariencias, para disimular el asesinato, y luego, sin aguardar respuesta, se harían las descargas contra él.

Simple y expeditivo, sí, a menos que el hombre al que se aguardaba estuviese al tanto del ardid, a menos que fuese prevenido, a menos que alguna información se infiltrara. Y para esto cada segundo comenzaba a contar, y en el reloj del Louvre se medía cada uno de esos segundos con impaciencia.

—Ya pasan de las diez, y la rata sin entrar en la trampa —se quejó Luynes, de cara a la ventana.

La escena tenía lugar en uno de los salones superiores que daban al patio principal del palacio.

—Deja ya eso —urgió Déagant, apoltronado cómodamente en un sillón—. El hombre vendrá como de costumbre.

Situaciones apremiantes quitan su veladura a los hombres; revelan sus fondos ventrales, su esencia moral. Sin poder dominarse, Luynes comienza a desconocerse a sí mismo.

—Pero ¿y si no lo hiciera? —insiste nervioso—. ¿Si el maldito estuviera advertido? Bien sabes que él tiene espías husmeando en cada rincón del palacio, y que estos nunca descansan.

Para otros espíritus, en cambio, el apremio es elemento consustancial de su naturaleza. Nunca se reconocen mejor a sí mismos que atravesando tales situaciones extremas. Era el caso de Déagant.

—Ningún espía salvará este día al tirano, créeme.

—Tus palabras suenan a arrogancia, Déagant, y mientras tanto, los minutos pasan y el hombre sigue sin asomar su jactancioso penacho. Podríamos aplazar el golpe…, revalorar sus puntos flacos…, aún es tiempo.

Pero Déagant no pierde la calma.

—Nada se ha de aplazar esta mañana, mi amigo, excepto la carrera de Concini, y este será un aplazamiento por tiempo… indefinido. Dime, ¿dónde está el rey?

—En la habitación contigua, jugando al billar, junto con Marsillac, Tronson y los otros.

—Bien, que los niños se entretengan con juegos de niños y que los adultos se ocupen de las cosas serias. Y si tú no estás para esto último, Luynes, lo mejor será que vayas a hacer compañía al rey... Ello si puedes disimular tu nerviosismo, no sea cosa que alteres al muchacho.

Luynes no respondió ni tampoco se movió de su sitio. Congelado frente a la ventana, él aguardaba impaciente la señal convenida, aquella que confirmase la presencia de Concini en las proximidades del palacio. Pero la señal no llegaba. Y en el reloj del Louvre acababan de sonar las diez treinta. Su temor lo traiciona; su imaginación se desmadra... Ya imagina al mariscal de Ancre hecho una furia, abriéndose paso hasta el rey a golpes de espada, vertiendo un lago de sangre en su camino, tomando represalias para con todos los insurrectos, y mientras estas visiones asaltan su mente inquieta, Luynes se pregunta si los premios que le aguardan valen realmente el suplicio de tamaña espera.

XXIV

La mañana era negra como un mal presagio, apenas cortada por finísimos jirones de tintas rojas semejantes a salpicaduras de sangre en el cielo; el aire viscoso pesaba en el ánimo como una tristeza, y las calles, ahogadas en el lodo, hedían a excrementos. Había llovido copiosamente durante la noche y la borrasca amenazaba con volver a desatarse de un momento a otro.

Era la mañana de un domingo 24 de abril.

Concini ya dejaba su casa con destino al Louvre, tan presuroso como siempre, cuando una niña lo interceptó a pocos pasos de su morada para extenderle un ramillete de flores, aquellas mismas flores que olían siempre a pasto y a rocío.

—¡Ah, mis flores del campo! —exclamó él.

—Sí, vengo de recogerlas para poder obsequiároslas; pero están tristes por la lluvia.

—No hay flores tristes, pequeña. Sólo hay pensamientos tristes.

Concini no estaba solo. Una docena de hombres fieles al oro que éste prodigaba con suma largueza lo acompañaban. Desde aquel encuentro con el mendigo, y aquella última entrevista con su esposa, el mariscal de Ancre había decidido tomar ciertos recaudos. Fue uno de sus acompañantes quien le advirtió:

—¡No toquéis esas flores, Excelencia! Pueden estar envenenadas.

La sonrisa cortante de Concini resplandeció bajo el fino bigote con un brillo de ironía.

—¿Envenenadas? Pues claro, todas lo están; traen el veneno de la primavera consigo. ¿Pero cómo resistirse a ese veneno ante el cual el hombre no se muestra más grande que el insecto?

La *commedia dell'arte*, que había tenido tantos años sobre un escenario a Concini, había hecho sangre en él. Era, además, un recitador inigualable cuando se lo proponía.

—¡Descuidad! —serenó a sus acompañantes—. Conozco a la mocosa. Es de mi confianza.

El mariscal llevó entonces el ramo hacia su nariz para aspirar las flores con suma delectación. No eran más que flores del campo recién cortadas y con un fuerte olor a pasto y a lluvia. No contenían ningún extraño polvo homicida. Luego:

—¡Delicioso veneno! —exclamó—. ¡Veneno que sabe a vida! Toma, pequeña —dijo dirigiéndose a la niña, al tiempo que le extendía unos escudos—. Gracias por esta primavera en medio de tanta borrasca. He aquí el pago por tu veneno.

—¡Oh, no, mariscal! —le atajó ella imprevistamente dando un paso hacia atrás.

—¿Qué ocurre?

—Hoy no puedo aceptar vuestro dinero…

—¿Y eso?

—¡No, hoy no puedo! ¡Hoy no quiero…! ¡Hoy no!

Un vuelo de palomas cortó el aire como una puñalada fantasmal en aquel momento, y la niña partió de allí precipitadamente.

«Vaya con la mocosa excéntrica», se dijo el mariscal de Ancre en tanto contemplaba a la pequeñuela correr a toda prisa, hollando el barro con sus pies descalzos.

Alrededor de Concini, la ciudad parecía hacerse ya presagio. Comenzaba a rumorear infaustamente en la mañana y, en adelante, no callaría; no podía callar pues sus presagios le pesaban anticipadamente como una mala conciencia.

Fue cuando apenas llevaba dados una docena de pasos desde que lo interceptara la niña, que Concini se vio abordado nuevamente, esta vez por Pigard, el sirviente de la Extranjera, quien, sumamente nervioso, le extendió la misiva que traía consigo. El criado se tomó sólo un respiro para recobrar el aire, antes de comenzar a repetir, como un autómata, las palabras que había memorizado hacía unos momentos de labios de su ama.

Si bien la primera reacción en el rostro del mariscal de Ancre había sido iluminarse con una sonrisa al reconocer al criado, éste se oscureció con asomos de inquietud tan pronto oír las exhortantes

palabras de Pigard. «¿Es que todos se habían vuelto locos esa mañana?», se preguntó. «¿Qué podía tener que advertirle su querida
a esas horas que no pudiese esperar para después?, ¿qué podía ser
tan urgente y delicado ("de vida o muerte" según el enviado ade-
lantaba), que tuviera que ser leído en ese preciso instante?». Sólo
había un modo de averiguarlo. Así es que sin detenerse, puesto que
llevaba prisa y las calles estaban intransitables, Concini comenzó
a desenvolver el sobre. «Con demasiada lentitud» comentaría más
tarde Pigard a su ama. El asombro del mariscal no cedió tras desplegar la carta; por el contrario, fue subiendo de punto con cada
línea que leía. En términos alarmantes, y con trazos nerviosos, la
Extranjera le advertía de una conjura en la cual se hallaban invo-
lucrados no sólo hombres importantes, hombres de la corte, sino el
mismísimo rey. ¡El rey! ¿Cómo podía ser ello posible? ¿Cómo ese
adolescente infantilísimo, ante el cual Concini siquiera se tomaba
la molestia de inclinarse, y al que por otra parte tenía vigilado día y
noche, podía osar algo contra él, sobre todo, algo tan enorme? ¡Era
inaudito! Además, y he aquí lo que más lo confundía, ¿qué tenía
que ver la Extranjera con los asuntos y manejos del reino? El mariscal de Ancre no terminaba de entender, ni mucho menos de asumir
la enormidad de lo que se le revelaba. Todo ello parecía tan insó-
lito, tan inesperado y tan desconcertante… «No, aquí debe haber
un error» se repetía para sí mismo perplejo. Y lejos de aminorar el
paso, ya que nunca se había detenido durante el tiempo que le había
demandado la lectura, lo aceleraba tanto como se lo permitían sus
enormes galochas que se hundían cada vez más en el lodo.

Caminaba en dirección al Louvre por el lado del viejo palacio
del Petit-Bourbon, como si quisiera ya mismo ponerle las manos
encima a ese pequeño reyezuelo que se atrevía a desafiarlo. Pero
de sólo pensar esta posibilidad, revertía a su misma desconfianza.
Era imposible que aquel mocoso al que siempre había considerado
una nulidad, tramase algo contra él; ese niño que tan siquiera podía
decir su propio nombre sin tartamudear, que sólo se ocupaba de la
caza con gavilanes y que tenía la cabeza llena de pájaros. Y aun
cuando ello fuera factible, razonaba, ¿de qué medios podía valerse?

¿No había sido el propio Concini quien ordenara licenciar la guardia personal del rey para colocar, en su lugar, un grupo de mercenarios afectos a él? Desde entonces, apenas una decena de gentileshombres sin importancia acompañaban a Luis, y todos ellos, según el mariscal, inofensivos pusilánimes. «No, todo ha de tratarse de un simple malentendido» se tranquilizaba una y otra vez a sí mismo, mientras, a su alrededor, el mundo parecía girar como un torbellino que lo mareaba. No obstante, pese a su desconcierto, Concini no se detenía; seguía avanzando a grandes pasos en dirección al palacio. Vestía un jubón de terciopelo gris, con bandas oscuras y anchas. Y tanto la capa negra con pasamanería de oro, como las magníficas plumas del sombrero de fieltro, serpeaban bajo el viento silbante que, a rachas, amenazaba tempestuoso. Pigard caminaba detrás sin saber qué actitud adoptar. ¿Debía exhortarlo a detenerse? A él no se le habían dado indicaciones al respecto; ignoraba a conciencia el contenido de la esquela y donde estaba el peligro que se cernía sobre el mariscal; pero conocía al hombre, conocía sus furores y le temía soberanamente. Por otra parte, sus únicas órdenes eran instarlo a leer la misiva, cosa que ya había hecho, y permanecer a su lado en espera de una respuesta, cosa que aguardaba con impaciencia. Pero Concini no sólo nada le decía, sino que continuaba avanzando, batiendo con sus galochas el barro, abstraído en la relectura de la carta cuyo sentido no terminaba de entender o de aceptar, mientras los segundos corrían y corrían en una hora en que cada segundo parecía valer tanto como una vida.

En determinado momento, sin poder salir del asombro aún, Concini se vuelve hacia el criado:

—¡Pigard!, ¿es esto acaso una broma de tu ama?

Intimidado, el sirviente no atina a contestar nada; se queda mudo, sin palabras. No había sido aleccionado para responder pregunta semejante; él era el mensajero de la misiva; no el intérprete; él sólo sabía que debía permanecer junto a Concini y no apartarse de su lado en tanto no recibiera una respuesta. ¡Ay, y esa respuesta que no llegaba! A veces, una indicación de más o de menos, tan sólo una palabra, y el mundo puede aparecer tan distinto… Una palabra dicha oportunamente, sí, y el mundo puede cambiar repentinamente. Pigard no era el dueño de esa palabra.

Y entre lo uno y lo otro, Concini ha entrado ya en el puente. La puerta fatídica se cierra tras él, conforme lo previsto por los conjurados, sin que el mariscal lo advierta. El tiempo se acelera… Ahora hay ojos alertas y brutales siguiendo cada uno de los movimientos del favorito. Hay tufo a muerte en el aire; hay pistolas que esperan agazapadas bajo las capas. Pero Concini nada advierte. Si no hubiese permanecido durante todo aquel lapso tan abstraído en la lectura de una misiva cuyos signos no alcanza a interpretar, seguramente, a su avisada pupila no habría escapado que, vigilando el puente, no hay un único soldado apostado, sino varios, y que esto es sumamente inusual. Tampoco habría dejado de reparar en los muchos oficiales dispersos, demasiado ocupados en no llamar la atención como para pasar inadvertidos. Y seguramente tampoco sus oídos habrían permanecido sordos al tintineo de cadenas a sus espaldas, aquellas con que se ha asegurado la puerta de Bourbon que acaba de franquear, la misma que lo ha separado de los suyos, incluso del mismo Pigard, pese a las airadas protestas del criado. No, todo esto habría despertado su recelo sin lugar a dudas; todo esto habría llegado a sus oídos, lo habría alarmado y puesto en guardia. Todo esto, sin embargo, no fue visto ni advertido por él aquella mañana.

Y los segundos que no se detienen…, y los segundos que marchan cada vez más aprisa, inexorables. De pronto, alguien se acerca, le toma del brazo. Concini no está acostumbrado a este tipo de libertades para con su persona. El mariscal levanta la vista sorprendido: en su rostro, a medias eclipsado por las anchas alas del sombrero, la mirada se hace áspera. No obstante, antes de que pueda hablar truena ya una voz:

—En nombre de Su Majestad el Rey, quedáis detenido.

Es Vitry quien le intima. La confusión de Concini, si ya era mucha, termina por ser total.

—¿A mí? —sólo alcanza a decir.

—¡A vos!

Y la luz que, por fin, comienza a abrirse paso en el cerebro del mariscal de Ancre a través de espesas capas de niebla. Es una luz tardía que parece helarse en su corazón. Ahora la carta cobra un sentido fulminante para él. Ahora todo le revela la trampa. En un segundo ve todo aquello ante lo cual había permanecido ciego esa mañana. Se sorprende solo, aislado de los suyos, sitiado por miradas y actitudes hostiles, y en el vértigo mismo de esa certidumbre es que su mano busca rauda e instintivamente la empuñadura de la espada. Pero ya es demasiado tarde. A la voz de Vitry, de todas partes, surgen siluetas amenazantes; sombras imprecisas que arrojan estruendosos chispazos de infierno. Son cinco disparos que quiebran repentinamente el silencio de la mañana y que impactan de lleno sobre el rostro del mariscal. Luego hay un seco estremecimiento, un gemido ahogado y una masa nervuda que se crispa y cae con la pesadez de un tronco partido.

Cuando la grisácea nube de pólvora, producida por las detonaciones, comienza a disiparse, nítido se aprecia en el suelo el cuerpo sin vida de Concino Concini, el que fuera el mariscal de Ancre. Su rostro desfigurado, y ennegrecido por la centella, muerde el suelo barroso que comienza a teñirse ya con su sangre. ¡Es el fin del favorito de la reina! ¡El fin del tirano! Pero la evidencia no basta. Todavía uno de los sicarios grita que se lo remate. Y los ecos de ese grito quedan ahogados bajo los golpes de las espadas que se ensañan en el cuerpo inerte de aquel que, aun muerto, sigue infundiendo temor a los vivos. Los asesinos enloquecen como fieras ante la sangre; golpean ciegamente, hunden los colmillos de acero en las carnes, el lodo se tiñe más y más de rojo. Hay insultos, hay aullidos, hay exclamaciones que vociferan: «¡Viva el rey!». Se grita hasta perder la voz… Sólo el cansancio los detiene.

Por último, cuando ya todos jadean hartos de morder y herir, es Vitry quien, de un fuerte puntapié, extiende el cuerpo de la víctima para que nadie deje de verlo. Está bien muerto; no hay lugar a dudas. Incluso el ramillete de flores que le obsequiara esa misma mañana la niña, diseminado ahora en torno al cadáver de Concini, parece un tributo anticipado a su trágica memoria. Habrá otros tributos, sin embargo, aunque menos poéticos. El mariscal de Ancre ha sembrado en vida muchas envidias que le sobrevivirán más allá de la muerte. Por el momento, ha comenzado el despojo. Pues culminada la labor de los leones, principia la de las hienas. Se le quita la espada; se revisan los bolsillos; se le arrebatan los escudos y todas las letras y papeles que traía consigo. Alguien se apresta a coger una cadena de oro. Hay quien corre ya envuelto en la rica capa de terciopelo negro que caracterizara al mariscal. Pronto el cuerpo queda desnudo sobre el barro y el maravilloso diamante que llevara el florentino en su dedo anular ostentosamente, desaparece en medio de la confusión. No obstante las expoliaciones continuarán. El cadáver de Concini sabrá de rapiñas enormes, será objeto de un encarnizamiento propio de bestias que sólo cederá en el límite último del empacho criminal, de la locura infamante y de la violencia inaudita.

XXV

Pasados sólo unos momentos de estos sucesos, Marsillac irrumpía en el salón, visiblemente excitado.

—¡Señores, misión cumplida! El tirano es muerto. Trinchado como una feta de tocino. Vitry acaba de confirmárselo al rey.

Luynes, que aún seguía junto a la ventana, y que desde que se oyeran los reiterados disparos en el patio se sentía a punto de desfallecer, creyó volver a la vida apenas oír estas palabras. No obstante, fue Déagant quien primero habló.

—¿Cómo ha recibido la noticia el rey?

—¡Exultante! No deja de manifestar su gratitud hacia todos. No hace más que repetir, una y otra vez, a quien quiera oírle: «¡Por fin soy rey!».

Déagant y Luynes se miraron el uno al otro con una malévola sonrisa de inteligencia.

—Bien —continuó Déagant—. Hazle saber al rey que ya somos con él.

Luego, nuevamente a solas con Luynes.

—Finalmente, la jornada es nuestra. Sólo queda hacer que el rey asome su cabeza a la ventana, que asuma el crimen con su presencia, que la sangre de la víctima le salpique las manos y el rostro y todos sean testigos de ello. Entonces podremos estar seguros de que este crimen no lo cargaremos nosotros. Tú te ocuparás de esto, Luynes. Es hora de que asumas tu papel de favorito, ya no de un niño con reales aspiraciones, sino de un rey en plena posesión de sus potestades. Su presencia ante las masas convertirá finalmente este acto criminal en un acto de ley y de justicia, y hará de nosotros los hombres del momento.

El ceño de Luynes se contrajo con gesto de sorpresa.

—¿Un momento? ¿Tan sólo un momento? ¿Con tan poco te conformas, Déagant?

Nunca hay arrebato en la mirada de Déagant. Nunca hay variaciones bruscas en su semblante. Tampoco en sus palabras.

—Un momento de fortuna es todo lo que puede demandar un hombre juicioso a esta vida, amigo. Así es que disfrútalo; disfruta de este tu momento; disfruta de ser hoy el favorito del rey, y no pidas más… o tendrás tan triste final como Concini.

Luynes se guardó en un silencio negro unos instantes.

—Tienes una marcada inclinación por dar consejos, Déagant. Olvidas que si los consejos resultan antipáticos para quienes los solicitan, tanto peor resultan para quienes no lo hacen.

Pero el hombre sonríe fríamente:

—Veo que de pronto te ha vuelto el coraje perdido, Luynes. Me alegro, mejor así. Pronto precisarás sobradamente de él. Para ti esto apenas comienza.

—¿A qué te refieres?

—A que eres el favorito del rey, y los favoritismos, de por sí efímeros en los hombres, nunca lo son tanto como cuando esos hombres se asientan sobre tronos, manipulan cetros y ostentan coronas. Los reyes son caprichosos y mudables en sus afectos. Deberás apelar en adelante a todo tu ingenio y a toda tu sangre fría para consolidar y conservar tu puesto. Y esa será para ti la tarea verdaderamente difícil. Créeme que no te envidio, aunque muchos sí lo harán... Muchos te envidiarán Luynes. Muchos querrán tu puesto destacado junto al rey… Sí, para ti apenas comienza lo verdaderamente arduo… Eliminar del camino a los Concini es tarea fácil; esos individuos son arrogantes, se pavonean descaradamente, no se esconden y uno sabe siempre dónde encontrarlos y qué esperar de ellos. Pero en adelante no tratarás con dragones; tendrás que vértelas con recelosas sierpes. Y estas son verdaderamente las criaturas a temer. Estas se ocultan en los recovecos, acechan en la oscuridad, y su lengua sibilante jamás descansa. Estarán envenenando noche y día los oídos del rey con tal de ponerlo en tu contra, precipitar tu caída y tomar tu lugar. ¡Cuídate de las serpientes, Luynes! En adelante tendrás sólo trato con ellas… Y en cuanto a tu pregunta… Sí, te estaba dando un consejo. Y créeme que algún día recordarás mis palabras. Sólo gozan de la fortuna aquellos que saben abando-narla a tiempo, de otro modo ésta se confunde fácilmente con una desgracia... Pero basta ya de tanta palabrería. Es hora de reunirnos con el joven rey. ¿Cómo dijo el grandilocuente de Marsillac que se encontraba su alteza? ¿«Exultante», fue la palabra que empleó? Sí, también él está viviendo su momento de fortuna... Espero que le aproveche. ¡Ven, Luynes! No le hagamos esperar más...

Luynes avanzó a la par de Déagant hacia el encuentro de aquel rey «exultante», y, mientras lo hacía, no pudo evitar preguntarse si quien caminaba a su lado se trataría también de una de esas tantas serpientes de las que tendría que cuidarse en lo venidero.

XXVI

Silencio de alcoba… Silencio de recámara sombría… Silencio de muerte… El silencio como una premonición. Una figura inquieta se pasea desde hace un buen rato como un animal atrapado en una jaula de oro. Leonora está nerviosa, más que de costumbre. Esa noche ha tenido sueños malos, sueños parlantes, sueños aciagos, sueños recurrentes. Una y otra vez se ha visto a sí misma izada de los cabellos por una bandada de cuervos enormes, negros cuervos infaustos y demoníacos que, batiendo sus gigantescas alas, la elevan en los aires, la arrastran desnuda en un vuelo vertiginoso hacia el humo emergente de innumerables piras incendiarias bullendo en la plaza de Grève. Allí se ciernen las bestias rapaces, abanican espaciosamente sus colosales alas, las carnes de Leonora comienzan a enrojecer por el calor, empiezan a arder y a chamuscarse cuando las garras que la oprimen se aflojan, se abren, la sueltan y… Leonora cae… y Leonora despierta… y Leonora grita espantada casi al filo de la histeria.

«¿Qué puede significar ello?», se pregunta ahora convulsa, rememorando ese sueño diabólico, al tiempo que se detiene junto a la ventana. Las calles están desiertas… Pesa una falsa quietud sobre la ciudad que huele todavía a lluvia y a tormenta.

De pronto, una puerta se abre a sus espaldas… y la luz de un cirio se apaga bajo el soplo de una corriente de aire. Luego, se oye un murmullo de pasos, y la sombra inequívoca y el reclamo quedo detrás de ella.

—Señora…

La voz es baja, profunda como una tumba, con un ligero tufo a muerte. Hay algo en esa voz que desasosiega; hay algo que espanta; algo nuevo que grita alarma en ella. Y entonces Leonora oye un redoblar de campanas fúnebres en su corazón, un tañido hueco y apagado de bronce, y ya no necesita oír más. Lo sabe todo. Sabe que su pesadilla no ha terminado en el límite del sueño. Sabe que no terminará nunca. Sin volverse hacia la sombra intuida a sus espaldas:

—¿Mi marido?

—Su marido, señora…

—¿Muerto?

—Asesinado esta misma mañana… por orden del rey.

Leonora cree perder pie; sus sentidos zozobran… El mundo se tambalea… Aun cuando desde hacía mucho tiempo ella temía este anuncio, aun cuando creía haberse hecho ya a la idea, aun cuando antes de preguntar conociera la respuesta, aún así, pues, parece demasiado increíble, demasiado terrible, demasiado duro de asimilar… Y sin embargo, aun así, *es*.

Las palabras se astillan en su boca… Se desgarra a sí misma profiriéndolas… Todo es filo cortante en el paladar…

—¡Mi pobre necio…! ¡Mi pobre ciego…! Tan impetuoso y tan frágil a la vez…

Vacila; los objetos pierden substancia a su alrededor… Todo se diluye y se pierde… Un músculo latiguea nervioso en su mejilla…

—Luego…, nada ha podido tu magia, Montalto. Nada ha podido esa mujer ante la cual yo me doblé como un junco… ¿Y la carta…? ¡Me hablaste de una carta de salvación, Montalto!

—El oráculo ve con ojos divinos y misteriosos, señora. Y yo…, yo sólo veo con los ojos de un simple mortal. La Magia nunca equivoca sus pronósticos: son ellos indicios de fatalidad; pero los intérpretes somos simple carroña, materia precaria. Culpad a la carroña, señora; no a la Magia; mía es toda responsabilidad en nuestra confusión. La tal carta sí existió. Vuestro marido fue muerto sosteniéndola en sus manos, y la carta llevaba la firma de una mujer, *esa* mujer… Era recado de aviso y advertencia… ¿Pudo haber sido más? Eso no lo sé… La carta se interpuso entre vuestro marido y la mala muerte conforme el vaticinio…, mas sólo un instante… Nada más que un instante… Esto es lo que no supe ver en la Magia.

Los ojos lóbregos de Leonora parecieron relucir como dos noches en el cristalino cielo del ventanal. Vibraron inquietos en las órbitas humedecidas. Bailaron tristemente una danza de muerte.

Tras un largo y amargo silencio, un suspiro de rabioso fastidio.

—¡Nada…, nada podía detenerlo, Montalto! Nada podía interponerse entre él y su destino… Siempre supe que éste sería el desenlace… Creo que lo advertí en el rostro de mi marido desde el primer momento en que lo vi, lo admiré y amé. Desde entonces sólo temí este final en sueños rojos de crimen, en sueños negros de muerte, en sueños crueles y dementes. Y a pesar de ello jamás pude hacerme a la idea… No puedo aún; nunca podré… Yo quise salvarlo, Montalto, quise abrirle los ojos a ese hermoso ciego, quise despertarlo de su sueño loco, de sus ímpetus irreflexivos, de su febril afán; pero él sólo se dejaba llevar por la ambición… Y toda ambición es ciega… Sí, yo quise hacer suyas mis razones… Yo, la loca de Leonora, quise poner juicio en esa mente agitada y ligera; pero fracasé… ¡Vaya si fracasé! Nada…, nada puede interponerse entre un hombre y su destino… ¡Nada! Ninguna magia es tan poderosa, tan siquiera el amor.

Leonora apoya una mano sobre el respaldo de una silla… Sus piernas chuecas flaquean… Sus piernas ya no la sostienen. Pero no puede callar… Los pensamientos de Leonora han cobrado voluntad propia y se derraman a través de su boca sin importar el daño que causan a su corazón.

—¡El muy necio! Pudo haber vuelto rico a Florencia… Pudo haber gozado allí a sus anchas de la inmensa riqueza acumulada por nosotros durante los últimos años, de los maravillosos frutos de nuestra buena fortuna… Pero no quiso…, o no pudo… o quién sabe qué… Lo cierto es que a él no lo conformaba esa cómoda perspectiva; que siempre quería más de la vida. Ciego para las realidades del mundo, su mirada perseguía luces secretas que sólo sus ojos veían… No, él no podía detenerse en lo posible…, él no podía detenerse nunca… Mi marido no era un hombre, Montalto, ¡era la Quimera!

Callan sus labios pero no su mente. Su mente, que no da tregua a sus labios.

—Y yo… ¡yo amaba a esa Quimera locamente! También yo estaba ciega en mi amor… Y nunca lo amé tanto como cuando perdido por perdido se atrevió todavía a redoblar su apuesta con el destino…

Todavía hace dos días, al escuchar mis advertencias, me decía muy descaradamente: «Yo me río de las cosas de este mundo». El muy ciego… El muy insensato… El muy tonto… *¡Concinetto mio!*

Un gemido, como un sollozo, ahoga esta última exclamación. Hay muerte incrustándose en las entrañas de Leonora; pero como algo vivo, como algo que se resiste todavía a morir…

—Y lo más triste —insistió sin poder resignarse, perdida todavía en la niebla que separaba el mundo hasta entonces conocido del que comenzaba a bosquejarse—, lo más penoso, Montalto, aquello que más desgarra el corazón y duele en lo muy hondo, es que sigo pensando, estoy en verdad convencida, de que ambos podríamos haber sido muy felices allá en Italia… Muy felices juntos, sí… ¡Tan felices!

La voz a sus espaldas vuelve a brotar como una exhalación de las sombras.

—Aún podéis iros, señora, aún podéis reunir vuestras joyas, vuestro oro, vuestros diamantes y poner rumbo hacia el otro lado de los Alpes... ¡Aún es tiempo!

Pero los ojos de Leonora se congelan en una mirada de hielo, apenas quebrada por una sonrisa triste que ahora sí parece ser como un primer brote de resignación.

—¿Huir? ¿Para qué? Si ya no me queda nada… Si ese hermoso necio se lo ha llevado todo con él… ¡Estoy sola, Montalto! Sola con mi amor roto y con mi corazón despedazado…

—Os queda todavía la amistad de la reina…

—¿La reina? Pero… ¿qué reina? Ya no hay más reina en Francia como no sea la esposa de Luis XIII. Muerto mi *Concinetto*, el poder de María ha muerto también… Ella ya no cuenta para nada ni para nadie desde este preciso instante… En cuanto a la amiga…, no sabría ella serlo en el infortunio. No, la conozco demasiado bien… En este preciso momento ha de estar renegando de su «queridísima Leonora»…, y también de su favorito… No, a mí ya nada me queda… Estoy sola…, completamente sola… Y ahora no me resta sino seguir la suerte de mi marido… Unirme a él en la desgracia como un día estuvimos unidos en la fortuna… Sólo espero contar con el suficiente valor… y que mis nervios me asistan… Y para ello, Montalto, preciso de mi medicina… ¡Tráeme el brebaje, Montalto! Pues creo que a punto estoy de desvanecerme… Tráemelo…, tráemelo…

Pero esta vez nadie responde… Esta vez sólo hay silencio tras Leonora.

—¿Montalto…?

Y en ese silencio que se ahonda a sus espaldas la sospecha de una última ausencia.

—¡Montalto! —clama todavía una vez más, al tiempo que se vuelve con el rostro lívido, surcado de angustia y desesperación.

Pero ya nadie está allí. Sólo el vacío de la soledad en la recámara penumbrosa ahuecándose más y más en el eco inútil de su llamada.

Sí, Leonora estaba en lo cierto. Finalmente estaba sola; completamente sola. Más incluso de lo que ella misma sospechara. Pues en esa última hora hasta su propia sombra la había abandonado.

XXVII

Hacia la medianoche, tras la agitada y sangrienta jornada, envuelto en un sucio mantel a modo de sudario, el cuerpo de Concini es trasladado desde el Louvre, donde se lo había depositado en un sótano, a la iglesia de Sain-Germain-l'Auxerrois. Allí, apresurada y desprolijamente, sin la menor ceremonia, se lo entierra bajo los órganos, y luego se sella el agujero con dos grandes losas unidas con argamasa.

No permanecería mucho tiempo en la improvisada tumba, sin embargo. Aquel que no se había detenido nunca en vida, no conocería tampoco la quietud después de muerto.

La ciudad estaba conmocionada por las nuevas. Nada era ya secreto en París. Apenas ejecutado el mariscal de Ancre, la presencia de Luis XIII en una de las ventanas del Louvre, había rubricado con su sello el asesinato ante los curiosos allí reunidos. Los tiempos de la Regencia habían terminado junto al favorito de la reina madre. Ésta última, por orden de su hijo (ya bajo las directivas netas de Luynes y Déagant), se aprestaba a emprender el exilio. Una nueva era daba comienzo y se agitaba en el aire; al grito de «Viva el rey», las masas ganan las calles. Estaban fascinadas y excitadas; pero no satisfechas. Ellas no se conformaban con festejar al ideólogo del crimen; ellas querían tomar parte también, y ser incluso protagonistas, de la jornada sangrienta. Ellas querían grabar su rúbrica en el cadáver; ¡ellas eran el pueblo de París y querían los restos de Concino Concini!

Llegaron exaltadas, locas, furibundas, surgidas de todas partes, aullando como bestias enfervorecidas, carcajeándose como hienas hambrientas hasta la iglesia de Sain-Germain-l'Auxerrois. Eran centenares de siluetas crispadas, con dientes enclavijados, con pupilas incendiarias, mordiendo imprecaciones, llenando el aire de un hedor salvaje y carnicero. La furia brutal que había bullido durante el día, ahora se derramaba en la noche, como un caldo negro e hirviente. Habían venido de todos los puntos de la ciudad en busca de una carroña para satisfacer su apetito de rapiña; habían venido por el cuerpo del tirano aborrecido, por el cadáver de Concino Concini, y nada podría el preboste de la iglesia, pese a sus muchas protestas y manifiesta indignación, por mor de detener a los rabiosos alborotadores. Ellos no se irían de allí sin su despojo: el botín de las hienas. ¿Acaso durante años no se los había cebado con el odio al usurpador? ¿Acaso no se habían diseminado para ello cientos de miles de libelos difamatorios por todo Paris? ¿Acaso no era esta furia desatada la cosecha inevitable de tanta semilla de odio esparcida, hacia todos los puntos del reino, por los enemigos de Concini?

«¡Queremos al mariscal de Ancre! ¡Queremos al Judío Excomulgado! ¡Queremos al amante de la reina madre! ¡Queremos al libertino extranjero! ¡Queremos a Concino Concini!», gritan a una todas las gargantas. Gritan, insultan y vociferan, sí, y la noche se desgarra en esos aullidos dementes, en esas risas enajenadas y reclamos irritados.

A golpes de puño irrumpen, pues, los descamisados en la iglesia, se precipitan sobre la tumba, arrancan a fuerza de uñas el cuerpo de la tierra. Son cinco, son diez, son cientos de manos que brutalmente sacan el cadáver para llevarlo luego fuera del portal. Y es desde allí que comienzan a arrastrarlo violentamente por las calles, con la cabeza del muerto golpeteando contra suelo. Es una *odiosea* sangrienta la que se inicia para él. Una *odiosea* infernal. Aquel que horas antes se creía próximo a tener Francia en un puño, es ahora un muñeco en manos de la canalla. Hay un ululante griterío de marea enfurecida. Esas masas informes se derraman sobre la ciudad como lava volcánica, lava bullente. Y avanzan incontenibles… Primero cuelgan de los pies el cadáver, en una de las horcas del Pont-Neuf. Precisamente una de las tantas que el propio mariscal había hecho erigir en la ciudad para disuadir a los agitadores y revoltosos. ¡Cruel ironía! Ahora es él quien cuelga allí inerte, a la vista de todos, para recibir los insultos, los esputos, las piedras y las puñaladas impunes de esa misma masa a la que quería amedrentar; para ser objeto, sí, de todo tipo de escarnios y vejaciones. Hay hogueras que se encienden, como destellos de Juicio Final y preanuncio de infierno. Esas hogueras comienzan a humear en las calles y se reflejan en las miradas y en los rostros rojos y amarillentos de la multitud. La saña que se desata es tal que excede el odio y la sed vindicativa. Es la propia inutilidad del acto la que exacerba aún más a la masa. Y este sentimiento actúa y se incrementa como por contagio. Son muchos, son demasiados, son todos, pero, ¿qué pueden? Nada… Concini está muerto, Concini está más allá de los atropellos que en nombre del Rey se cometen sobre su cadáver magullado e indefenso. Concini ni siquiera es reconocible en ese despojo de humanidad. ¡Eso es una carroña sin nombre!

En un momento dado, el cuerpo es descolgado y la furia recrudece, como si una tempestad arrojase oleadas cada vez más furiosas sobre las sangrientas calles de París. Tendido en el piso ahora, se lo rodea y se lo cose a cuchilladas. Cada cual quiere llevarse una pieza del cadáver… Uno le corta la nariz; otro le arranca los ojos; otro le tira de los cabellos; otro le cercena las manos, las orejas, los pies; se le abren las entrañas y se desparraman también los sesos por el suelo… Hay quien se embadurna el rostro con la sangre del mutilado, el mismo manco astroso que, momentos después, con su única mano, le arranca el corazón. A la vera de una de las hogueras, sobre tizones encendidos, pone a asar el botín, para luego comenzar a devorarlo ante la vista de todos. De inmediato llueven las aclamaciones y vivas del público. Entre bocado y bocado, el mendigo exclama:

—Ayer me lanzabas monedas, Isabelle. Hoy me vales de banquete.

—¡Ja, ja, ja! —se carcajea uno de los espectadores—. ¡Mirad al muy puerco!

—¡Pues no se puede negar que el rufián tenía corazón después de todo! —se burla otro.

—Y di, saco de inmundicia —interviene un tercero—, ¿a qué sabe ese corazón?

—Sabe como tu conciencia, granuja —exclama el viejo entre hipos—, ¡a mil demonios!

—Pues mejor que el alma del juerguista ha de saber seguramente —concluye un cuarto a modo de epitafio—, la cual para estos
momentos ha de estar asándose también… aunque en el infierno.

¡El infierno! Pero, ¿que no está allí, acaso? ¡O qué es ese delirio, esa furia y esa barbarie desmadrados! Incluso uno hace la ig-
nominiosa sugerencia de hacer comercio de esos restos, a la cual,
sin pensarlo un momento, todos suscriben. Así, pues, se comienza a
trocear cuidadosamente al muerto y se da inicio a la subasta de los
pedazos. Todos quieren su parte, nadie desea permanecer afuera del
remate, cada pequeño arrabal de París codicia su reliquia. Afortunado en vida, ¡el mariscal sigue haciendo fortuna después de muerto!

Un coche que pasaba por allí en esos momentos se detiene.
Alguien, desde dentro, pide información acerca de lo que ocurre.

—¡Se están rematando los restos del mariscal de Ancre! —le
contestan varias voces surgidas de la muchedumbre.

De inmediato, la portezuela del coche se abre, y una mujer sale
para dirigirse precipitadamente hacia el epicentro de la vorágine. Ella
va elegantemente vestida, lleva el rostro velado de tul y su andar es
nervioso. Pese al caos reinante, se le abre paso: es extraño ver un
ángel en el infierno. ¡Los demonios están conmovidos! La mujer comienza a participar del remate; desde su sitio, con la voz quebrada,
oferta por el lote que se está ofreciendo. ¡Se trata nada menos que de
las orejas de Concino Concini! Una áspera puja se entabla, una puja
diabólica que humilla todo sentimiento de dignidad y que, no obstante, pese a los muchos interesados, termina decidiéndose en favor de la
misteriosa mujer. ¡Será una verdadera fortuna la que se desembolsará
por esas orejas, y todos los presentes quedarán boquiabiertos! Por lo
demás, hay quien comienza a hacer ya un pingüe negocio de esta rapiña; seguramente, sí, hay quien comienza a agradecer a la Virgen el
hecho de que haya existido alguna vez un mariscal de Ancre. Pagado
por lo ofertado, y tan misteriosamente como viniera, la mujer parte
ya presurosa con su repugnante adquisición hacia el coche que había
quedado aguardándola, y alguno de los presentes comentará, al paso,
que había lágrimas bajo el negro velo de la elegante dama. Sea como
fuere, la subasta de inmundicias se reanuda sin pérdida de tiempo.

¡Y todo esto ante la presencia impasible de la guardia de oficiales de policía que calla, que cierra los ojos y que hace que no ve o que no ésta! ¿Acaso tales excesos no se cometen al grito reiterado de «¡Viva el rey!»? Con ello basta. Pero los oficiales, que son testigos estáticos y mudos de la barbarie desatada, con su silencio e inacción se hacen parte, concluyen por encarnar una variedad más, soterraña, aunque no menos culpable, de esa misma barbarie. Llega un momento en que ya no se advierte una pulgada de carne en los huesos desnudos y chamuscados de la carroña que horas antes fuera un hombre. En un mismo día, Concini ha sido todo para pasar, sin transición, a ser nada, absolutamente nada. Pero la *odiosea* no ha terminado. Desde allí, los restos son trasladados entre canturreos y exclamaciones por las calles, se los lleva hacia la Bastilla, luego a la plaza de Grève, y finalmente son depositados al pie del edificio de la calle Tournon, el palacio de los Concini, aquel edificio odioso tras cuyas ventanas la muchedumbre cree adivinar la silueta de la Galigai, la bruja Leonora, contemplando la miserable ofrenda que le hace el pueblo de París.

Si Leonora asomase su rostro a la ventana en esos momentos, ¿quién sabe lo que podría ocurrir? ¿A qué extraña escena se asistiría? Pero la Galigai no da signos visibles de vida esa noche; no responde al desafío de las muchedumbres. Por último, cansados de aguardar, siempre entre canturreos muy eufóricos, se prende fuego a lo que queda de Concini, que no es mucho a decir verdad, apenas una osamenta magullada, rota y cercenada. Las aguas negras del Sena se llevarán las cenizas esparcidas allí por la multitud, ese último testimonio material de la existencia del mariscal de Ancre, aquel alegre aventurero florentino que un día llegara a Francia siguiendo el cortejo de María de Médici, en busca, según dijera entonces, de la fortuna o la muerte. No había fracasado a decir verdad en su designio. Ambas instancias las había encontrado en su mayor expresión.

XXVIII

Leonora no estaba aquella noche en la ventana para ser testigo de las depredaciones de que era objeto el cadáver de su marido. Horas antes, por orden del rey, había sido llevada bajo arresto a un modesto cuartucho en la planta alta del Louvre. De allí se la trasladaría más tarde a la Bastilla, y luego a la Conciergerie donde finalmente se le abrirá proceso. ¿Los cargos? No tardarán en presentarse… Serán muchos, serán demasiados, aunque el más comprometedor de todos, el que resultará de mayor impacto ante el público, será el que se le abrirá por practicar la hechicería. ¿Acaso el pueblo no la llama bruja? Pues por bruja la procesarán entonces. A de Luynes, quien ya no se despega ni un instante del rey, se debe la idea. De Luynes, sí, quien se relame por anticipado con las riquezas acumuladas por los Concini.

Primeramente, se inicia el saqueo de los tesoros y pertenencias de la mariscala, para luego hacer un inventario de estos. En el palacio de la calle Tournon, entre muchos objetos de inestimable valor, se han hallado otros de dudosa aplicación, los cuales arrojan una negra sombra sobre su dueña. Allí se han incautado, por ejemplo, féretros dorados conteniendo figuras de cera; receptáculos vidriados que guardaban cabezas de muertos; libros escritos en lengua hebrea con caracteres mágicos; multitud de amuletos, talismanes y rollos de pergamino grabados con fórmulas de encantamiento. La bruja cobra forma cada vez más nítida para la mente de los jueces.

Pronto se llama a testigos, que no tendrán reparo en declarar que la Galigai se interesaba por las ciencias ocultas, que practicaba ritos satánicos, que oficiaba sacrificios impíos y ceremonias reñidas con la fe cristiana, que se la había visto asistir a sabbats en compañía de hidras y demonios, que «la Concina», como la llamaba la muchedumbre burlescamente, se servía del médico brujo Montalto para dominar el espíritu de los grandes, y que la reina no habría sido sino un instrumento en manos de esta enana diabólica cuya única finalidad era abrir camino expedito a las rapacidades de su marido, el difunto Concino Concini. Uno de los testimonios más comprometedores lo aportará su criado de mayor confianza, Andrés de Lizza, ese «larguirucho lúgubre», según Concini, «envidioso de todo lo que ríe», quien, entre otras cosas, no dudará en afirmar haber oído muchas veces al mariscal de Ancre jactarse de que su mujer tenía embrujada a la reina madre, y que en tanto esto fuera así, nadie podría nada contra él, que mientras tanto tendría a Francia bajo un puño. Finalmente aquel «perro falsamente fiel» enseñaba sus afilados colmillos a la Galigai.

Por lo demás, las acusaciones se multiplican, y en tanto los testigos y los testimonios se suceden, las preguntas se hacen más ásperas: «¿Cómo la Iglesia había permanecido callada ante estos ritos mágicos realizados a la vista de todos? ¿Cómo se daban en París y en los tiempos presentes semejantes desviaciones de la fe? ¿Cómo Francia había podido tolerar en silencio tanto manejo perverso por parte de esta diablesa sujeta a accesos de histerismo, actuando siempre en complicidad con el crápula de su marido?».

En efecto, la indignación y el escándalo suben de punto, mientras, la Galigai, observa y escucha en silencio, aparentemente pensativa y resignada. La Galigai calla, sí. Todo esto lo ha visto y oído ya cientos de miles de veces en sus alucinaciones premonitorias. Este espectáculo es el mismo que ha temido hasta la locura, que le ha amargado la existencia a través de cientos de miles de pesadillas; de hecho, es tan semejante en un todo a sus odiosas visiones que hasta se siente esperanzada con la idea de que, finalmente, pueda ser ésta la última representación del horrible calvario al cual, con espanto, ha tenido que asistir toda su vida. Leonora calla, sí, pues la perspectiva de una muerte efectiva no le parece tan temible como tener que padecer diariamente su simulacro. Por otro lado, en esos momentos en que se sabe próxima a su fin, ella se consuela a sí misma pensando en que el duelo por su marido será corto; que apenas habrá tiempo para llorar y convivir con su pérdida. Y esta idea fúnebre, surgida de su desesperación, casi de forma ingenua y repentina, le genera paz, al punto de permitirle incluso esbozar, de tanto en tanto, alguna ligera sonrisa de avenencia con el destino, una sonrisa inquietante a decir verdad para quienes la observan en el recinto, y que sorprende y alarma a los miembros del tribunal. Muchos de los magistrados, de hecho, se miran entre sí al contemplar esto, y hay quien confirma por lo bajo, «finalmente ha de tratarse de una bruja».

Sea como fuere, la sentencia no se hace esperar. Se condena a Leonora por judaísmo, sortilegio, ostentación de talismanes, práctica de oblaciones sacrílegas y otros tantos cargos del mismo tenor a muerte bajo decapitación, y a que sus restos sean luego quemados y reducidos a cenizas. ¿Terrible perspectiva? Sentada en su butaca, con los ojos duros como dos negros diamantes, la Galigai escucha y no se inquieta; a Leonora ya la anima la idea de que ese peso que la ha asfixiado en sueños durante toda su vida, caiga de una vez y para siempre sobre ella en el momento de su muerte.

XXIX

Marea roja. Marea de sangre en el horizonte. Marea a punto de precipitarse en el infierno patibulario. El día expira en la tarde convulsionada y un aliento a tiempo fugaz y a sueños rotos y a cosas que ya no serán flota en el aire. Hay hedor a muerte impregnándolo todo.

Leonora marcha sombría, montada en una carreta, a través de un mundo hostil. Sorda ante los abucheos, las burlas y las reclamaciones del público que forma un cordón apretado a ambos lados de la calle, ella marcha silenciosa hacia la Plaza de Grève.

Lleva los cabellos sueltos y revueltos por el viento de la tarde, un aura lúgubre la envuelve y su silencio es como un sudario. Marcha ella hacia su cita con la muerte, acaso con el destino, su cita con ese cadalso que, inflexible, la aguarda en la plaza. Las formas humanas se desdibujan ante su vista; los edificios, los contornos de la ciudad se pierden, todo parece disolverse ante sus ojos, también los gritos se apagan como con sordina, todo parece agotar su substancia y realidad bajo un viento que murmura adioses. Leonora tiene ya los sentidos y la mirada puestos más allá de las luces, los olores, los sonidos, los intereses y las formas terrenas. Leonora ve ya con los ojos del alma. ¿Tiene miedo? Seguramente… Pero tiene también un barrunto de paz en el corazón. Ella aguarda expectante, con demente anhelo, la última hora. ¿Llegará algo mejor después? ¡Cómo saberlo! Pero los que se quedan, aquellos que a ambos lados del camino la observan pasar con odio en las miradas; aquellos que la injurian con insultos, que vociferan, que le arrojan piedras o frutas podridas, esos no le parecen más afortunados en esa hora. No, no lo son. Contemplando el perfil brutal del patíbulo que se agiganta a cada tramo del recorrido, Leonora tiene ya deseos de descanso. Lentamente recoge sus últimas visiones, sus últimas sensaciones y vibraciones de aquel mundo que ya parece muy lejano… ¿Serán las últimas en verdad? Pese a la dureza que demuestra el mundo con ella, cada imagen y sensación recibida pesa sobre su corazón con la dolorosa dulzura de un último beso, de un último adiós…

«Adiós». Y la carreta que se detiene justo al pie del cadalso. Y la silueta negra y colosal del verdugo que se yergue por sobre su cabeza. Hay una luminosidad de acero en sus manos. Una luminosidad filosa, hiriente y amenazante que enceguece la vista, como un último espejismo al final del camino. ¿Será un espejismo la muerte, también? ¿Habrá sido un espejismo la vida, en realidad? Lo cierto es que el temor, el cansancio, los pesares, la desesperación, el amor, el odio, los sueños, las pesadillas, todo parece diluirse y perder substancia ante la vista de ese cadalso y de ese verdugo.

Leonora sube los escalones de uno en uno y sin flaquear… ¿Será éste su último ascenso en ese mundo que la ha visto ascender siempre? ¿Conocerá todavía alguna forma de elevación más allá de esta vida? Llegada a la plataforma de madera, desde allí contempla a la masa curiosa y gesticulante que la observa y abuchea. Es un grupo nutrido y abigarrado de gente el que se ha reunido en la Plaza de Grève para presenciar la ejecución de la diablesa. No hay nadie en todo París que quiera privarse del espectáculo.

Leonora pasea su mirada, embebida en adioses, por la multitud… Todos quisieran oírla maldecir, todos aguardan que la diablesa lance algún maleficio sobre ellos, que caiga en un acceso de histerismo, que se contorsione, que mude de forma, que obre alguna metamorfosis siniestra y parta de allí batiendo enormes alas negras. Pero Leonora permanece callada y calma. Su mirada expresa una beatitud que sorprende y conmueve a los allí reunidos. No parece ser la bruja que todos aborrecen y temen; no parece ser la bruja de la cual tanto se ha hablado en París. Con su crespón negro y su modesta túnica, ella parece ser sólo una mujer frágil, pequeña e indefensa. Y mientras el silencio se ahonda a su alrededor, contra todo lo que esperaba, ella se siente cada vez más serena. Esos nervios suyos que la han atormentado siempre, parecen encontrar por vez primera su relajo y su paz… Y esa paz que la embarga, misteriosamente, parece comenzar a hacerse extensiva al público.

Sí, el barullo de la muchedumbre comienza a atenuarse por grados como una marea que se aplaca en el atardecer, que retrocede después de mucho avanzar y fatigarse en vano durante el día, que se debilita, acaso, ante una fuerza de signo mayor. ¿Es Leonora esa fuerza? El extraño ascendente que esta pequeña mujer ha ejercido a lo largo de toda su vida sobre los grandes, parece actuar ahora sobre esa nutrida multitud también. La figura de Leonora se agiganta de cara a esas gentes que curiosamente comienzan a verse y sentirse cada vez más empequeñecidas ante ella. Es su última conquista en este mundo; acaso la mayor, dada la hora y las circunstancias. ¡Leonora cae elevándose! Y todavía se eleva y agiganta aun más al pronunciar, con altivez, sus últimas palabras: ante todos los allí reunidos declara que perdona al rey, a la reina, al pueblo y a cuantos han deseado su muerte y hecho daño a su marido. Ella sólo les ruega a quienes la oyen que le concedan un avemaría.

El silencio ha pasado a ser enternecedor.

Los ojos negros y maravillosos de Leonora, hechos para hechizar, se pasean por última vez por ese teatro de masas apretadas, momificadas, enmudecidas. Es una mirada hecha de adioses definitivos, pues todo es adiós dentro y fuera de ella. Luego, le vendan los ojos, y la noche se cierra sobre estos como un anticipo de las tinieblas que les aguardan. No más luz, no más colores, no más imágenes, formas ni rostros queridos para Leonora. Todo comienza a borrarse. Sólo la oscuridad en adelante: la reparadora y ansiada oscuridad.

Y desde allí surge el negro aliento del hijo predilecto de la noche: el verdugo, súbito dueño de la escena, aplicándose ya a cumplir, con gestos exactos, la tarea heredada de sus ancestros —la tarea tantas veces repetida y siempre singular y nueva—. Son manos diestras las que quitan el cabello de la nuca a Leonora. La cabeza de ella reposa ahora rígida sobre el tarugo. El silencio de las masas pétreas se astilla en vagos rumores ante la mujer doblada y expectante. La hoja de acero se alza de pronto en el aire, corta el cielo emitiendo un grave silbido, y allí se queda suspensa unos segundos; dueña y dominadora del momento, absorbe todas las miradas en reflejos metálicos, bebe de las últimas luces del sol poniente que florecen

como estrellas fatídicas sobre el metal, y luego, pesada y fulminante, como un afilado péndulo de muerte, cae sobre el cuello de la
mujer que, tras el impacto, se quiebra como una muñeca de trapo. Es
un golpe seco, único y maestro y la cabeza ya rueda sobre las tablas
del patíbulo grotescamente.

Pero también la multitud se ha quebrado con el golpe, también
el silencio y la tarde se quiebran en un gemido de consternación;
sólo que esto ya no cuenta para Leonora. Todo ha terminado para
la mariscala de Ancre: la bruja, la diablesa, la enana intrigante que
todos habían temido en vida y a la que todos contemplan muerta
con sentida contrición. Leonora ha muerto, sí, del mismo modo que
había vivido: triunfando sobre los demás, y, acaso, por esta vez,
también sobre sí misma. Esa bola que atormentaba sus sueños, que
hacía sus pesadillas, que la asfixiaba en las noches, ha rodado por
última vez… Finalmente hay paz para Leonora… No más delirios;
no más temores, no más pesar. Ya no más, Leonora…, ya no más…

EPÍLOGO

Había, en un monasterio perdido bajo los tupidos bosques de la Bretaña francesa, una anciana monja que llegó a ser célebre por su austeridad, sus simples maneras y bondadoso trato. Hablaba un francés chapurreado, de difícil filiación y carente de sonidos nasales. Acurrucada en el ángulo de sombra más oscuro de su miserable y lóbrega celda, ya fuere de día o de noche, podía encontrársela generalmente en actitud de rezo: el rostro oculto bajo el negro velo, la toca plegada cubriéndole la cabeza y los labios silabeando palabras inaudibles por sobre los dientes muy apretados. Como única particularidad, siempre en sus manos nudosas oprimía un ramillete de flores silvestres.

La regla bajo la cual vivía esta monja era, por lo demás, de una estricta severidad y pobreza; sus días se fatigaban entre ayunos y vigilias, entre parcas ingestas de alimentos y breves descansos sobre duras tablas. Sólo a veces alteraba esta áspera rutina para ir a recoger florecillas del bosque, tanto como se lo permitían sus quebrantados huesos, esas mismas florecillas silvestres que celosamente apretaba en una de sus manos durante las plegarias. No obstante, pese a sus muchísimos años, y a los rigores de su régimen de vida, la belleza por la cual alguna vez fuera tan celebrada en el mundo esta mujer, no la había abandonado del todo en aquel retiro claustral y autoimpuesto, en aquel invierno blanco de su larga existencia. Sus ojos terrosos capaces eran todavía de atraer la mirada y de transmitir cierta meridiana dulzura a su rostro marchito. Y aunque los cabellos habían perdido la fuerza del fuego para confundirse con la nieve del semblante, todavía asomaban profusos y sedosos bajo la bastilla de la cofia. Hacía ya más de cuarenta años que esta mujer había cambiado una vida de lujos por las severidades de aquel monasterio. Todo lo había cedido a la orden al momento de su llegada; todas sus pertenencias y riquezas; acaso también todos sus recuerdos; nada conservaba de su pasado mundano para sí misma… Nada… o casi nada…

Junto al sitio elegido por ella para elevar sus diarias súplicas, sobre una pequeña y rústica mesa, un frasco de cristal de Murano, con tapa de oro, la acompañaba siempre. Era la única posesión conservada de su tránsito por el siglo, su única riqueza, sí; pero en esa sola riqueza había un mundo para ella, acaso el único mundo soñado alguna vez para sí propia; el único del cual no había querido desprenderse ni entregar al olvido y la ceniza. ¿Qué contenía dicho frasco? Una solución a base de sal, alumbre, ámbar, mirra, ajenjo, cominos, clavos, lejía, vinagre y demás esencias misteriosas, donde, preservadas de la corrupción, se podían ver flotar… ¡dos orejas cercenadas! ¡Las orejas que los furores de una muchedumbre enardecida arrancaran, durante una noche de locura, al cadáver de Concino Concini! Esas mismas orejas, sí, que largo tiempo atrás, esta mujer pagara a precio de oro, casi en un arrebato impulsivo, durante la infame subasta que siguiera a la laceración del cadáver del mariscal de Ancre. Pues esta anciana mujer no era otra que aquella que en el mundo fuera llamada «la Extranjera», la amante de Concino Concini, también conocida, en la noche de los cabarets, como «la reina de las rameras».

Más de cuarenta años, en efecto, llevaba hablándole, entre susurros y suspiros, a esas dos orejas flotantes en el raro y complejo elemento acuoso; muchas veces interrumpía incluso su descanso para reiniciar el lúgubre parlamento que, lejos de ser santo, rayaba generalmente en lo pecaminoso. ¿Trataba acaso de advertir a su amante de una criminal emboscada? ¿Intentaba quizás explicarle el contenido de una carta escrita por ella muy apresuradamente, y cuya esencia nunca llegó a entender el destinatario? ¿Pretendía tal vez, aún pasados tantos años, hacerle sentir a Concino su grande e inagotable amor? ¿O probablemente le rogaba abandonarlo todo y partir con ella, escapar juntos hacia algún rincón perdido en el mundo donde poder vivir por siempre amantes? ¿Cómo saberlo? Era en esas orejas que llevaban más de cuarenta años fluctuando en una solución misteriosa, con propiedades incorruptibles, donde subyacía el secreto. ¡Y era éste un secreto inviolable, a decir verdad! Pues dudoso es que aquellas orejas que no habían sabido hacer escuchar a un vivo, pudieran llevar palabras a un muerto.

Este libro se editó en septiembre de 2015, Año Internacional de la Luz y de las Tecnologías basadas en la Luz